风·三七

涂丽华　著

中国文联出版社

图书在版编目（C I P）数据

风·三七 / 涂丽华著. -- 北京 : 中国文联出版社,
2023.7
ISBN 978-7-5190-5240-9

Ⅰ. ①风… Ⅱ. ①涂… Ⅲ. ①诗集—中国—当代
Ⅳ. ① I227

中国国家版本馆 CIP 数据核字 (2023) 第 114317 号

著　　者　涂丽华
责任编辑　贺　希
责任校对　潘传兵
装帧设计　张　颖

出版发行　中国文联出版社有限公司
社　　址　北京市朝阳区农展馆南里 10 号　　邮编　100125
电　　话　010-85923025（发行部）　010-85923091（总编室）
经　　销　全国新华书店等
印　　刷　北京虎彩文化传播有限公司

开　　本　880 毫米 ×1230 毫米　1/32
印　　张　11.75
字　　数　106 千字
版　　次　2023 年 7 月第 1 版第 1 次印刷
定　　价　65.00 元

作者简介

涂丽华，女，湖南岳阳人。湖南师范大学理学学士，华南师范大学教育学硕士，湖南师范大学教育学博士，南京大学哲学博士后。先后访学于美国麦克默里大学、北京大学、北京师范大学，现任教于湖南文理学院。

我不信任语言　它只能给我片段

我相信时间　它懂得慢慢呈现

我的好奇

精力充沛　上蹿下跳　不消停

我摁住它　不让它急煎煎

我把答案留给明天

以此作为

今天闲暇的消遣

——2020/8/7

自 序

今天是腊月廿四，南方的小年，窗外飞着雪花。我煮着茶，翻看《风·三七》，倾倒在时间的神妙里。此时此刻的我完全无法想象写下集子里每个字时的我的癫狂，就像那些时刻的我无法想象此时的我的宁静一样。时间如此精于神奇的魔术，完美展现了佛教基于缘起法则的世界观。万物自我安顿，一切井井有条，含藏在时间里等待因缘和合，给人希望。因果轮回，生生不息，一切是非得失，圆融在时间里，令人欢喜。我珍惜每一个际遇，即便经验总结，也不是为了摆脱稚拙，变得老练，而是丰盈体受。活着，不就是应该如此入诸其间？佛教中，“风”是构成肉体的“四大”（地、水、火、风）元素之一，为“动转”之气息，赋予生命。“七”是一个神秘莫测的数字，指一个变化的周期。集子以“风·三七”命名，为随顺“缘起性空”，将自己完全安放于时节因缘之意。

这本集子收录了 2018 年初秋至 2021 年暮春的 291 首诗歌，其中的前 83 首写于 2020 年 1 月 31 日之前，其余则写于 2020 年 4 月以后。这也是我诗歌创作的时间线。2020 年 4 月到 2021 年 7 月备受诗神的眷顾。这段时期，在一个又一个神秘的时刻，诗神微启魅惑的双唇，命令我全然、迫切地存在。脑海中突然闪现的某个画面、书本上的某些句子、生活中的某个场景，像一个个待定的音符，紧紧地抓住了我，令我战栗。唯有捉笔记录才能让呼吸得以平顺，身心归复宁静。

我的学生唐杨柳是我的第一个诗友。有些清晨，我一睁开眼就看到她发来的诗歌，便兴致盎然地迎战，《吵架》便是如此来自她的诗作《童话故事》。有时，闲聊中出现某个挥之不去的画面，我们便约战："来！我们来写这个！"在欢喜、癫狂里，一首完成，立即发给小杨柳，等待她的回应。许多时候，她都会和上一首，还不忘说明："每次看到您写诗，我就想要写更多干过您，虽然明知干不赢！"战火如此易燃，而且总是越烧越旺。你一首，我一首，意犹未尽，再补一首，像两个寸步不让的顽童扭打成一团。《拥有自己的海洋》《师生关系》《独自远航 征战》《看风景的人》就是这样诞生的。她若没有和诗，我就会吐着舌头挑衅："来呀！放马过来呀！""煽风点火"这种事，我没少干，因此被她称为"幸福的纵火犯"。

我们相处，酣战是常态，纯粹的品赏也是常态。有时，她会等我下课，送我回家。我们走在路上，蹦蹦跳跳，大声朗读自己的作品，兴奋地点评哪个字用得好、哪句很出彩、哪些地方呈现了怎样的画面感，还一起哀叹自己某些写残、无药可救的诗……我们如此沉醉，时不时将诗作中言语未尽的意象情绪饱满地表演一番，逗得路边的花花草草开怀大笑。那时，我任教的课不多，去校园的时间少。更多的时候，我们线上相见。“你得空不？我要为你读一首我的新诗……”有时仅仅只是表达见解，我也会故意搞笑，闹着闹着，突然兴起，写一首歪诗，如《我不吱声》。歪诗的初稿出来后，我们就会像搞恶作剧一样推敲语言，嬉戏作乐。

与诗友呼应，回味无穷，自娱自乐更难忘怀。每当处于千尺的浪尖，急速描绘迫促我的画面，吟诵推敲，手舞足蹈，一遍又一遍，让语言与画面更贴合，然后再修剪枝枝叶叶，使语言更简洁，意象更清晰。大功告成之后，我还会激情燃烧地读好多遍。说来奇怪，仿佛唯有如此，那炽热的激情才能慢慢消散，平息下来。有次我独自散步，边走边读自己的诗，画面一旦在脑海中打开，肢体语言也就自然出现。路过的一个小女孩看到了，就尾随着我，她的妈妈也带着她的哥哥跟上来。我起初没注意，后来发现了，干脆转身面朝他们，倒退着走。我看似在为他们读诗，事实上完全沉浸在自己诗作的画面里。他们带着欢快、惊奇与专注的神情听我读诗，一路跟到我家的楼下！

自娱自乐所受用的，除了激情还有想象力。为了更多的留白，就需要更多的隐喻，因此，多维而清晰的画面感成为语言的目标。起初，诗歌产生于脑海中一个模糊的画面，语言在激情的烹煮下喷涌而出，经过敲敲打打，雕琢出一个清晰的画面。久而久之，清晰的画面与意念同时出现，甚至跑在意识的前面，想象力变得仿佛与生俱来一样。一个生机勃勃的世界向我敞开了：一个普普通通的小物件、一件稀松平常的事、一个司空见惯的场景……都会用它们自己的语言对我说话。它们千变万化，在我脑海中同时打开一些风马牛不相及的碎片，产生无法抵挡的美感，催促我表达……

《风·三七》成于碎如微尘却意义非凡的时节因缘，最后，从摄影师李净的完美主义那里获得了一个诗意的“脸面”。

涂丽华

2023年1月15日·湖南常德

目 录
CONTENTS

息 怒

2018/9/28

在桂香盈溢的月下
采撷劲松的枝
编织安乐的美梦
暂时忘了那个
指鹿为马的贼
敲骨吸髓　劫掠家财
膝行至邻　献媚于人
建造了一座丰碑　名邪恶
创造了一个神话　叫愚昧

献　祭

2018/10/3

献祭
是高尚
还是悲观
是踌躇满志
还是无知彷徨

赌 徒

2018/10/4

最疯狂的赌徒
从不计划明天
唯一所想　是
一把割下对手的脑袋
当然　遵照公平
他也拎着自己的脑袋
坐上桌来

守 望

2018/10/6

万物有兴衰盛败
于是　白天黑夜　一半一半
黑暗　积聚了万年的力量
需要发泄　扩散
由它　由它
只管自己在黑夜中休养
积攒力量
守望光明

阿比林

2018/10/16

地广人稀的阿比林
黑色的鸟儿是主要的居民
它们结队成群
交谈的声音
盖过了呼啸的风
每一根草　都昂扬精干
每一种水果　都有自己的味道
数不清种类的橡树　随处可见
这里的人们
勤劳　沉静　踏实　真诚
厚重的肉食　令他们腰圆臂壮
他们的笑容　自信　温暖

阿比林的人

2018/10/17

这里的人从小放养
雨天泥泞　也在玩球锻炼
衣服就是雨伞
冻得牙齿咯咯响
依然短裤薄衫

蒲公英

2018/10/25

天空如此高远

大地如此广袤

蒲公英没有自信长高长长

也没有雄心扎根土地　紧紧抓牢

每一颗种子都能独立　自由飞翔

在空荡荡的天地间

失去了主见

它们随风飘扬

终究

还是去向了四方

尼亚加拉

2018/11/11

我的父亲是雷神
他粗枝大叶　致使风寒入侵
难以自持　打了一个天大的喷嚏
我从他的口中呱呱坠地　落入凡尘
人们叫我雷神之水　尼亚加拉

我敦厚慈柔　热衷繁衍
鱼类是我长子
初为人母　难持理性　不谙教养
过度溺爱　他们离开我就无法生存
失败　失败

再生养一个　就是鸟类
捕食大哥　不懂亲情
但是已能　离我远行

人类是我精心抚育的幼子
他们勤劳勇敢
狩猎农垦　贸易往来　生活翻新

他们壮志雄心
营造古堡　发展城池　建立王国

他们热爱求知
鱼跃龙门　行迹鲲鹏
从爬行　到直立　乘风破浪　飞上蓝天
登陆月球　造访隔邻

他们眷恋母亲
白天征战四方　夜晚回到我的身旁
唯有枕着我的呼吸　和着我的脉动
才能睡得安稳

他们淘气成性
制造快艇　扎进漩涡　冲上浪峰
手舞足蹈　失声尖叫

他们钟情超越
尝试可能　自我生成

模仿我的鬼斧神工

通过艺术　触摸无穷

遗　憾

2018/11/16

因为四平八稳　思虑周全
错过了阿米西人无比细腻的巧克力
又与肯尼亚朴拙的茶则擦身而过
失之交臂　捶胸顿足　后悔不迭

遗憾是无法疗愈的伤
任何尝试弥补的企图
都不懂时过境迁　心随境转
所有遗憾的伤成群结队
缓缓步入得失坦然

换一个轨道重入时光
所有举止都一样
满心所念　幸亏有遗憾　否则就要上当

没有遗憾又如何
一切时光
都会被种种偶遇填满
从不清闲

我就要起身飞往南方

2018/11/20

我就要起身飞往南方
那里阳光明媚　星空灿烂
溪水潺潺　松涛鸣响
鸟语花香　食物丰满
不寒不暑　柔风拂面

我就要起身飞往南方
这里寒风怒吼　万物凋残
松鼠们在林间勤劳觅食
时常无功而返
日渐消瘦　满眼失望

我就要起身飞往南方
一日紧似一日的霜冻　将我驱赶
六时的温差　午间的暖阳　令我迷乱

犹疑不定　时常盘旋
防御工事　一道又一道　不断加强
夜幕降临时　仍然不胜其寒
人为的造作　怎及自然的恩赏

我就要起身飞往南方
你　要不要一同前往

天 空

2018/11/26

我从不缺席集体活动
在春天帮风助雨
低沉黑脸　乌云密布
在夏天陪伴淘气的小孩
阴晴不定　喜怒无常
秋天的丰硕令我沉静庄严
目光柔和　晚霞绚丽
将人们的成就装点
唯独到了肃杀的寒冬
刺骨的风裹住了人们的脚步
只有爱思索的人
才会将我仰望
换上蜡染的衣裳
绣上白色的云片
整日整夜

低头赏玩怀里的枯树败叶

在阒寂里　自喜自悦

突　然

2018/12/5

世事无常

渐至稳定　预期永远

孰料戛然而止

恰如初来意外

唯一所能　得失从缘

世间万般

独独没有　恒常不衰

McMurry[①] 的树

2018/12/20

犹抱琵琶是文人的想象
头顶蓝天　白发凌乱　我爱
严寒酷热　昼夜调摆　我能耐
我狂野　故我在

①McMurry 是作者访学的大学，即麦克默里大学。

我在秋天衰老

2018/12/21

生机盎然的春天
躁动不安的夏天
都已走远
秋天的风　经过草丛树林
从身体的每一个关节呼啸而过
我忍不住打了个寒噤
眼睛开始时常模糊
牙齿也不再坚利似钻
尤其是
爱情和自由同时离开
一夜之间
鸡皮鹤发　行步龙钟
我知道
冬天已经不远

旅 行

2018/12/22

旅行即将结束
收获一一盘点
想胖的人　瘦了三斤
想瘦的人　长了一圈
想休息的人　彻夜难眠
想赚的人　赔上人品　血本无归
唯有一心奉献的人　柳林成荫
想要认识谁是什么人
就来一场旅行
无论他穿着多么坚固善美的衣裳
管保途中现出原形
大道至简　偏偏不听
自作聪明　赔了夫人又折兵
可怜　可怜

山　泉

2019/1/2

贫瘠的岩石缝里
寸草不生
只在最潮湿的季节
才见到苔藓的身影
电光石火间
掠过　不留痕迹
一年雨季时
岩石缝中冒出了一颗水珠　接着又一颗
在寂静的夜晚
发出了声响　叮咚　叮咚
旱季的到来　水痕消失　宛如梦境
隔年的雨季到来
岩石缝依稀记起　旧年往事
犹疑着　奏响了音乐　叮咚　叮咚　叮叮咚咚
渐渐地

滴溅　流动　比以往更欢快
犹如呼喊
催促着岩石
更快地　交出更多的水珠
呼朋唤友　形成水流
渐行渐速　奔腾起来
等到旱季再次到来时
水流渐渐　坠入冬眠
安静下来　不见踪影
它走过的路　成了沟壑
又是一年雨季时
岩石缝潮湿的嘴唇
清楚　准确地唤醒了水流
潺潺流水　闹得更欢　淌得更远
路过的人称之为山泉
周围早已不只苔藓成片
各种小草　不同的树苗都慢慢探出了脑袋
这一次　谁都没有消失不见

Erika

2019/1/5

题诗：想要寻找灿烂的阳光　那就去飞翔

If　you　wanna　get　sunshine　just　to　fly

人类发现了爱与智慧
被上帝逐出伊甸园
去体会爱的真义
不只是灿烂的欢乐
更是历经磨难的付出

美丽的女孩 Erika
幸运　聪明
喜欢愉悦　热爱阳光
她想要灿烂的阳光　就去飞翔

上帝决定玩个小把戏

考验她的智慧与勇气
把她送进飞行员和空姐的家庭
给她女孩的意识　男孩的身体
浓烈的善良　爱和激情
一切就绪　上帝静静地喝着咖啡　欣赏
五岁那年
她发现自己其实是女性
此后的白天黑夜都是挣扎的深渊
永无止境
为了鼓舞她的精神　不致沉沦
十九岁那年助她飞上蓝天
投入光的怀抱
上帝　阳光永远与真实的 Erika 同在
体贴的妻子　可爱的女儿相继到来
孤独的 Erika 有了更多温暖的爱
和勇气　成为真实的自己
终于　终于　挥剑
杀掉那个撕裂的自己
成为那个完全　真实　梦想的自己
上帝微笑了　我的天使 Erika
看看你紫红的唇彩　美甲
精致的妆容和耳环
不用冲上云霄　就已阳光灿烂

怕　胖

2019/1/15

惧怕长胖
不是不贪爱　各种欲望
只是害怕折了翅膀
无法飞翔

钥 匙

2019/1/20

穿过一个对面开门的走廊
我路过一扇门
里面的人阴郁忙碌　死气沉沉
我望而却步　继续前行
推开北面的那扇门
穿堂的风　刮骨而过　皮毛难存
里面的人满面愁容
这是一个随风而去的过客
转身推开南方的门
里面的人以冬天的太阳为面容
递上来的钥匙
镀上了阳光和人体的微温
我用过这片钥匙开过数次门
在里面喝茶
听窗外行人的脚步声

阒寂无人时的风雨
操场上伴舞的音乐
篮球的拍打声
当我在桌前写下诗句
头顶上追着乒乓球奔跑的脚步
帮我遣词造句
有一天
我用钥匙打开门　这一次
空荡荡　无人
放下钥匙　离开　步入丛林

从梦里笑着醒来

2019/1/21

慈悲的宗信法师往生了
在我旅美的时候
在我准备去看望他的数年里
一次又一次的计划中
只有在翻阅日记时
我才记起他洪亮的嗓音　火暴的脾气
越老越孩子气的娇情
而其他任何时候想起他
都是邀我一起荷锄种花
他说　明年这个时候　你来
就能看到漂亮的花
明年　我会在哪里　他比我更确定
他的求常
比世间的无常更豁达
比佛门的真常更温暖

我离开寺庙

去经历劫掠　背叛　欺骗

我把这些　一一写在了海边的流沙上

再将感恩的心刻在了磐石上

深深的烙印　常常使我

从梦里笑着醒来

意外的包裹

2019/1/23

一个平淡无奇的日子
收到一条　领包裹的通知信息
第二天去取　东翻西找
寻不到
有人说昨天看到它
上面写着我的名字
我没有购物
也没有朋友给我邮寄
他人的描述　和我收到的信息
给了我十足的好奇　无穷的精力
一一打电话询问
与我同姓、同名、姓名笔画类似的所有人
包裹依然不知所踪
包裹从哪里来　去哪里了　里面是什么
没有人知道

像所有平淡无奇的日子一样
有人见过它　有人听说过它
认真寻找　又没有这么一个它

一件孤品

2019/1/27

在我不多的收藏里
有一件特殊的孤品
本不是我所爱
而是一次误会的偶遇
极其酷似我的喜好
器形　音质　气味　神韵
几乎都能以假乱真
在久远的时劫里
都没有发觉任何异样
它静静地摆在橱窗里
大量的时间　精力与激情
用来保养与摆弄
使之看起来价值连城
直到有一天　突发了地震
它从高处跌落　摔得粉碎

断裂处露出了粗劣的材质
连城的价值和我无上珍惜的心
一同烟消云散
我没有将它抛弃　而是
用昂贵的胶水恢复原形
继续收藏
练就包容

错 觉

2019/2/1

看起来的一派和美
只是一个误会
引发另一个
将错就错
产生的一个幻觉

空　花

2019/2/14

空花无根无茎　无枝无叶
形成于一种奇异的香
千变万化　难以名状
香气浓郁到极致时涌现容颜
风　若想一睹其貌
都得偃旗息鼓　屏息以待

让我再睡会儿

2019/2/24

外面的风　吭哧吭哧
凝神专注　在努力变暖
虽然寒冷依然在咆哮
时常怒气冲冲
约了雨雪冰雹一起来　瞎胡闹
小鸟早已唱起了情歌
热情似火
将冰天雪地的严寒
燃成了灿烂春光
天天欢喜　商量着旅游　约会
谁的羽翼已经丰满　可做新娘
我却头昏脑胀　睁不开眼
冬眠常被打扰　没有睡饱
别吵别闹　让我再睡会儿
等到了惊蛰

雷公电母会揪着我的耳朵

将我拎出被窝

问　雨

2019/3/1

在这阒静的夜晚
嬉笑欢闹的
除了我的闺中密友
雨　还会有谁
踩着悠扬的节律
在窗外整夜舞蹈
我在遥远梦中轻轻吟唱
将它的舞池装点
不知今年的春天　能否
同去金城的紫藤花园

春雨在喧闹

2019/3/1

冷酷的冰雪　再也不见
今天刚来的雨　抿嘴而笑
极力表现得沉静　优雅
内心的喜悦　撑飞了眉毛
扯起了嘴角
弯弯的嘴和眯眯的眼
成了对称的括号
美好的时光即将来到
实在无法忍住歌唱和欢笑

我开始衰老

2019/3/1

越洋的飞行　第一次
松动了我的牙齿

我开始衰老
此后又收到
更多类似的信

不只是走在大街上会迷路
在房子的周围也时常停下脚步
仔细地寻找归途
那 200 米距离的茫然
似曾相识　愈益频繁

我的视力下降　见如不见
我的听力衰减　闻无所闻

我的如簧巧舌　不乐鼓噪

渐成正常

世界越来越小

生活变得简单

每一次的茫然　嗖地腾空而起

令我一睹本原

我开始衰老　激情却不减

生命的力量源源不断

爱捡馅饼的人

2019/3/7

丛林里生长着各种各样的人
有一种异常天真　不知是确信
还是懒得去思忖　万般不喜好
偏爱捡天上掉下来的馅饼
他们心存侥幸　自己正蒙受命运的恩宠
啃着馅饼进了牢笼

春天的落叶林

2019/3/18

春天里的落叶　五彩缤纷
红的　黄的　绿的　苍白的
在庆贺新生　还是在哀叹凋零
我在春天的落叶林里　做了一个长长的梦
无始无终

沉 默

2019/3/23

沉默是司掌智慧的神明
颠倒众生的才华　能言善辩
仅仅属于沉默的子孙　聪明
对于人　知道得再多都不算多
知道了现在　不知道过去和未来
亲耳听到的言说
还有未能言说和弦外之音
对于人　知道得再多都不算多
用尽一生学会雄辩
还要多生多世练习沉默

沉睡的火山

2019/3/23

那座火山
沉睡了千万年
在世的人
没有谁曾见过它喷发
引爆它的燃料
一种叫才华　一种叫德行
神秘的大自然
偶尔也会搅扰它的酣眠
那无意识睁开的惺忪睡眼里
火海汪洋　万物尽毁　万物复生
我时常去它身边漫步
倾听它的梦呓
继续沉睡吧
那些能承受你爆发的心灵
尚未来到世间

孤　独

2019/3/26

孤独是个绝症
没有人能治愈
没有人比我更甚
越来越多　同样的人
我们相遇　相聚　相谈甚欢
却也从没企图与孤独一刀两断
我们安居在自己的孤独里
继续与之缠绵　不倦

换　季

2019/3/31

一年四季　精彩纷呈
恼人的　是季节变换
作息紊乱　气候异常　衣服增减
怎么做都不当　动不动就感冒
发烧　咳嗽　彻夜难眠　居起不安　烦不胜烦
忍耐
要丰富地想象　经过了漫长的寒冬
到了春天　暖风吹开百花　熏得人如在梦中
分分秒秒　快乐惬意　赛过神仙
到了夏天　各种美丽的衣裳　争奇斗艳
无数运动和度假　无不让人尽兴酣畅
直想白天永远不要打烊
春天的欢欣　夏天的疯狂
在秋天开始变成沉静的模样
缤纷的美景　丰富的水果　让岁月厚重　沉甸甸

风 · 三七

短暂的旅行是春夏的余兴　也与收获有关
人们匆匆赶回家
备上充足的食物和木柴
关上大门　营造暖阁　抵挡严寒
听着室外的寒风怒吼　冰雪拍打窗棂
围炉煮茶　细数过往　在美梦中遥想春天

酒

2019/3/31

去年的冬天　我在阳光明媚的得州
为品尝异域风情　沾上了酒
一边迷醉一边自我安慰　别愁　别愁
等到回家没有好酒　自然就戒了
酗酒　与我的节制相抵触
差一点点就成功　如果不是偶尔失眠
只要一小口　我就能睡得人事不省
醒来也不知身在何处
据说无酒就会失眠　正是瘾君子的开端
醉眼蒙眬　看着杯中那一点点　想着
那个传说是不实的谣言
理性不能让它惑乱
一滴下喉　每个细胞就升起了一个太阳
全身暖洋洋　等着向那婴儿般的睡眠
举手投降

戒酒失败

2019/4/1

早晨起来　头重脚轻　开始自我批评
细细感受　虽未无眠　也没精力充盈
从今晚起　不再以酒催眠
夜晚的沉醉　早晨的誓言　每日必经
戒酒不成　这早已注定
不成不算失败
就像从有人类以来　女人认为男人最坏
男人觉得女人最毒　自己一生就被对方所害
彼此发誓要戒掉对方　不仅打死不肯离开
还在拼命相亲相爱
我对酒的眷恋清淡　只在睡前醒来挂怀
其他时候都不知晓它的存在
戒酒失败不算失败

阳光明媚的四月

2019/4/5

我躺在四月明媚的阳光里
盖着潮湿的被子
想起了去年冬天的雨雪风霜
旅行途中的红酒
和那些旅店里举止失常的人
它们是我昨夜的梦

意 外

2019/4/15

清晨　还在梦里盘旋
就被一群叽叽喳喳的小鸟拖出来
兴奋地告诉我　它们邀来了灿烂的阳光
一举消灭阴霾　我惊讶地说
呀呀呀　真正是个意外
虽然我心里明明知道
这是我多年前的选择与期待

铁　匠

2019/4/20

投入更多的煤块
娴熟地拉起风箱
炉火红通通　越烧越旺
挥汗如雨　叮叮当当
想当然地以为细水流长
贪爱着眼前的火光四溅
不料　来敲门的是死亡①

---

① 诗歌源于历史上一个铁匠是个修行人的故事，表达人们无常观念淡薄，应该紧迫地在短暂生命中寻找真理，步入永恒。

冬天的树

2019/5/1

严寒的冬天
曾在某个恍惚的午觉中
梦见枯枝绽出了绿芽
每一个皴裂处都颤着春意
为了绵延这非时的生机
冬天燃起了大火
意欲制造光和热
结果将春天一定生发的树
和恍惚的梦境燃成了灰烬

又是一年柑橘花香

2019/5/2

樟香伏在四月的尽头
柑橘花就已伸手踢脚　迫不及待
好不容易　等了一年
这一次要像以往一样
绝不留下任何遗憾
它的野心膨胀　借助五月的阳光
让天地万物迷醉于它的浓香
不要期待它像蜡梅一样高洁冷艳
开花　结果　浓烈　实用
与众生息息相关　是它的属相
让松是松　竹是竹　梅是梅　天地万物
成住坏空①

①“成、住、坏、空”在佛教里指一件事物产生与形成、稳定发展一段时间、衰落、最终消失这一完整的过程。

在它自己的时节因缘

任何旁人　都没有资格对它指指点点

重逢　作别

2019/5/23

清晨醒来前的梦里
我推开房门
满眼是疯长的绿萝
窗户的插销孔里　门栅槽里　锁洞里
全都长出了绿油油的枝蔓
我知道　即将与你重逢　作别

午睡无梦　醒来
哥哥告诉我　你已定好返程
你一生咋呼　从未安静　却不扰人

我想起你十年前为父亲送行
被冬日的阳光　镀染得孤零零

你呀　以后

不要匆忙　在迎来送往的旅途中
安安静静　逆来顺受
练习接受　享受命运的馈赠
将相偕伴行的路变得又远又长

米　虫

2019/6/6

米虫从心想生

受生之时　不欲劳作　唯愿受用

心想事成　叼着粮食出生

还昭告天下　我积善余庆　坐享其成

虔敬的信徒

2019/6/9

虔敬的信徒
不是傻子　就是癫狂的诗人
彼岸　红尘　都用炽热烙印
从来不用理性　一一考证
仅凭狂热
发现生命的奇珍

财　富

2019/6/12

财富

如果　不挥霍

不布施

积聚起来

垒成高山

主人随后据山为王

时间的脚步

2019/6/13

时间的脚步是刀轮
以往走过　无痕
昨天走过　留下了滞重
今天走过　留下了迟缓
掉下来的脚垢　名字叫沮丧

生 火

2019/6/20

生火的方式无数种
钻木取火　电起火
最神奇的是
喋喋不休　制造的无名之火

神

2019/6/25

人是最难踏实安心的物种
心里总有一块地方留给神
或者登堂入室
把自己制造成神　供人膜拜
穷尽一生　热闹折腾
最后两手空空去见阎君
这爱好自欺欺人的人

愚　人

2019/6/27

一个愚人　仪表堂堂　荣华庄严
好逸恶劳　嫉贤妒能　不恤贫弱
浪费五谷　白养了一副好皮囊
智商情商比秃子的头顶还光
逆耳忠言视如毒药
虚伪谄诳是其食粮
路人遇之　无不摇头悲叹
聋子都听到人们在口耳相传
大小河街的乞丐们期待与他昨日重现
将他千呼万唤　朝思暮想　肝肠寸断
他自己却将前尘往事　忘个精光
熙怡快乐　稳如泰山

天才的殒落

2019/7/4

天才的殒落　在于
和谐太多
爱是天地间最锋利的刀
能给肉身凡胎带来温暖
它的森森寒光
只有时间才看得到
承平盛世的幸福里
割刈下精神的王冠

破　败

2019/7/7

每一个事件
都是一场破败
破败的好
不到最后
谁也不知道

一只看门狗

2019/7/7

一只健壮的看门狗
耳聪目明　思维敏捷　身手矫健
众人一致赐它美名——以天下为己任
东家的耗子上了饭桌
西家的耗子白天下了房梁
对门的耗子一起散了步
隔壁村的耗子定期搞聚会
匡扶正义的看门狗
不是上去一爪按住
就是一口咬住　使劲摆头摇撼
再一口甩出老远
这些不守规矩的耗子
若不好好教训
天下岂不大乱
直到主人回来　看到

无处不在的厚厚灰尘上
全是耗子的脚印
米缸　油壶　菜篮子
全被耗子高唱凯歌　洗劫一空
所有家具　无一例外　体无完肤
此后再也不见看门狗出巡

凉爽的夏夜

2019/7/8

习习的凉风中　一顿饱餐
怀抱着星星　头枕着月亮
倾听着蟋蟀的独奏催眠
不用睁眼都知道
萤火虫成群结队地一边巡逻
一边珠光宝气地将纱帐装扮
睡吧　睡吧
早起的鸟儿会准点把你叫醒

邀约与偶遇

2019/7/20

一日同学来电　说
同学聚会　勾起我的思念
以后我来看你
沉默　只是为了保持教养
人来人往　清淡常鲜
执象而求　见亦不见
邀约是酷暑里的一枚鲜果
转瞬馊败
偶遇是一个冬藏的梦
走错路都能相见
真是天赐良缘

最好的季节

2019/8/2

酷热爆裂的炎夏里　万物疯长
我慢条斯理　煎炸煮炒着糍粑
细细品尝这冬天的食物　味道丰满
冬天的篝火　春天的暖阳　若隐若现
它们　与夏季和秋天
万般勾牵　又冷眼旁观
最好的季节　万事万物从不缺少
在我开始炽爱的时候
到来

流星的故乡

2019/8/4

一颗星星　很懒
不愿意动身　划过天际　制造灿烂
就站在原地　一闪一闪
所有离家出走的流星
在夜深人静的时候
将它仰望　那是它们
永远回不去的故乡

行星刮擦地球

2019/8/5

一颗行星　恋慕地球　其已久远
昨夜迎面碰上　调皮捣蛋
猛地偷亲了一口他的腮帮
四溅的火花　一丝不漏
飞进了我的梦乡
滚烫

朋友　如果你来探访

2019/8/8

朋友　如果你来探访
记得带上你的激情　梦幻　勤奋和达观
毫无益处的多愁善感　你自己好好收藏
如果你带的是沮丧　颓废　懈惰和悲观
一定记得去那旁门左道
不要出现在我面前
人生苦短　管它未来来不来
只想此刻把酒狂欢
最好的理性　是活得梦幻
不虑结局　一往无前
即便此时身处黑暗
也要擎起希望的灯　把世界照亮
朋友　如果你来探访
记得带上你的激情　梦幻　勤奋和达观

教 唆

2019/8/23

你干起坏事来　兴致盎然
恶作剧只是饭后甜点
睡梦里都坏笑得双肩直颤
不时严肃地总结　瞧
我被你教唆得一天天坦然变坏
天啊　真是不白之冤
明明是你内心的种子
削尖脑袋往外闯
遇境逢缘　节节高升
反将屎尿盆扣我头上
谁何时见过沙子蒸成饭
我是该恼怒你原本就是大坏蛋
还是该得意我教导有方
令你青出于蓝而胜于蓝

初秋的蝉鸣

2019/9/7

图书馆前的篮球场上
孤独的蝉鸣虚弱无力
叫一声　喘口气
骄阳浓荫的掩盖下
偷偷潜入的秋意
窃走了蝉的活力

我们终将别离

2019/9/15

到我们终将别离
没有理由不好好珍惜
现在　我们还在一起
时间如此短暂
不要惹我生气

幸福的情感

2019/9/20

幸福的情感好好色
钟情健康的体魄　深邃的眼眸　明媚的笑容
偶尔也会一时昏头　迷恋楚楚可怜
过不多久　就会厌烦　疲惫　一别两宽

幸福的情感爱狂飙
只有奔跑的双脚　忙碌的双手　思索的头脑
能与之同行　不离不弃　增益璀璨

幸福的情感崇尚自然
只能吸引　无法追求
起来　别再软沓缠绵　满腹愁怨　大步向前
否则　此生注定与它无缘

一花一世界

2019/9/20

朋友家里　那些生机盎然的绿色植物
将不同的角落雅致装点
我的植物　永远只在阳光下生长
入室不是休眠　就是死亡
阳光倾泻　死水也能绽出绿意
比照之下　沮丧　恼怒
时间　熄灭我的暴烈
向我呈现　过往
多少光阴　都在
反叛命运的赠予
我只喜欢能懂我的人
彼此欣赏　才能相见欢喜
稍有意见相左　我便沉默
性格有缺陷的人　我也不喜欢
自作聪明的人　尤其讨厌

偏执的人　一眼都不想看
如此傻乎乎向前冲
一看就不知道什么是吃亏上当
完全忘了那正是我曾经的模样
批评我的人　唯一所想
一脚把他踹到月球　与嫦娥为伴
时间无言　赠我一个多变世界
欢喜拥抱时　丰富多彩　生机无限
苛责杀伐时　顿成沙漠　一眼望不到边
单一纯美　幸福　无法达到圆满
一花一世界　不需要慧眼

入 夜

2019/9/22

日落而息
每一个细胞抻手抻脚　微笑
熬过了春天的潮湿　夏天的酷暑　冬天的严寒
到了金秋的现在
每日的辛勤劳作　剧烈运动
扫清了所有的滞阻　败坏　和阴霾
若问还有何求　那就是
睡前来一口酒

麦 穗

2019/9/24

收获的季节

麦田里金黄一片

饱满的麦穗　沉甸甸　弯腰垂头

唯有无实干瘪的

直指天空　锋芒毕露

过早醒来的刺猬

2019/9/30

气候反常　寒冬突然变暖
一只小刺猬从浅睡中醒来
兴高采烈　去找伙伴们玩
他们最多咂一咂嘴　张一张刺　继续睡眠
小刺猬摇摇头　独自出门
外面阳光刺眼　万籁俱寂　枯黄一片
寒冬只是打了个盹　并未准备退场
小刺猬脚步踉跄　折返而眠　等待春天

美的信徒

2019/10/9

多刺的玫瑰
在秋风中摇曳　仰望蓝天
如果我不能用剪刀　我就用手
如果我不能用手　我就用眼睛
如果我不能用眼睛　我就用想象
将它采摘　供上圣坛
每时每刻　将它瞻仰
做它虔敬的信徒　五体投地

紫禁城的秋月

2019/10/14

即将迈入冬天
紫禁城打了个哆嗦　一天之内
从夏葛换到冬裘　纠结不定
秋月随之性情大变
一把扯下妩媚的面纱
露出天子的威严　闪着寒光
前来朝觐的异乡人
只看了一眼　就被冰冻
待到第二天午时　才能苏醒

未名湖畔的独奏

2019/10/16

从未想过要挽起你的青丝

迫你做我的嫁娘

只愿每一个黄昏

在你身旁吹奏

为你驱遣孤寒

深秋的梦

2019/10/20

深秋的微风撩动青丝　愈益沉静
我在等待寒冷　将树叶冻得五彩缤纷
再用厚厚的大雪覆盖　镀上晶莹剔透的冰
用它们编织一个绚丽多姿的梦
享用一生

提前的周末

2019/10/24

温情的雨跑来给霜降捧场
悄悄地　防不胜防
将蓬头垢面的天地洗了个里外干净
泄露了金秋正在盛装的秘密
瞧　银杏的绿叶已经镶上了红黄的丝边
再过几天的加班加点　就换上了金灿灿的套装
椿树正在带头　用五彩的枯叶铺陈地毯
落英缤纷　急急忙忙　万物一时迷乱
漫山遍野的菊花　怒放
散发着浓郁的蜜香　为大家摇旗呐喊
寒冷的周末湿漉漉地提前
是为了提醒久等的人儿　准备煮酒围炉
迎接金秋的盛宴

动荡的时间

2019/10/24

时间　刹那不停留
一往无前　奔腾　形成河流
里面游弋着五彩的鱼
通体透明　泛着荧光
一个不长心眼儿的冒失鬼
看得入了迷　失足落水
顿时巨浪滔天

晚秋的叶

2019/11/3

经历了春生　夏长
一年一度　严寒到访
我庄严地献上问候　以生命的燃烧
毫无保留　赤如熔岩
多愁善感的人们　哀叹我将冬眠　死亡
其实　我一直在新生的路上　飞驰　从未得闲
死即是生　有即是无　无中生有　念念不断

收　藏

2019/11/6

每片叶子都不同
就像不同季节里
风都有自己的味道
我是一只称职的猎犬
在蛛丝马迹里
捕捉大自然的变化　只是日常
点点滴滴　积累我的宝藏

冬雨过后

2019/11/10

不期而至的冬雨　忙碌了整个晚上
吹吹洗洗　将天空打扫得湛蓝澄澈
一切就绪　日出而眠
挑染黄绿的柳丝　在晴空下随风飘舞
歌功颂德　轻吟浅唱

岩石上的爬山虎

2019/11/10

我本温婉柔顺　老成持重
调皮捣蛋的雨　一夜剃光了我的头发
将我装扮成一只刺猬　前卫个性
令我羞于见人　傻乎乎暴露在寒风中

一棵古树

2019/11/10

一棵古树　无名无姓

经过了凛冽的寒风　一轮又一轮的收割

依然顶着满头的金发　卓然矗立

同类们早已对寒冬俯首称臣　光秃秃　准备冬眠

它特立独行　不是张扬　迟缓　或愚钝

只是想每一个巅峰时刻　向林中长眠的烈士

庄严致敬

我梦见

2019/11/15

我梦见　家里的房子装着木质的扇窗
推开就是远山　云雾缭绕
我梦见　门前的荷塘开满洁白的莲花
水中五彩的鱼儿　嬉戏游玩
我梦见　远方的朋友来探访
高谈阔论　就像昨天

背风处的爬山虎

2019/11/18

听说　当风当阳处的爬山虎
在上一场狂风中被齐刷刷摘光了叶
昨晚的风又折断了它们所有的柄
在地上铺了厚厚的一层
惹得多愁善感的人好个心疼
文人墨客　陪它们四时春秋
为它们立传画像　流传
这一切　我都只是听闻
我想睡就睡　想醒就醒　想起就起　想落就落
不经历那么多风雨　也没有那么多大彻大悟
我从没想过给某个谁一个惊喜
只在偶然里生　偶然里死　偶然里存在与永恒

紫禁城的初冬

2019/11/25

紫禁城的初冬
称王称霸的　是风
玉簪花的果实还没成熟
就被它扫荡一空
它每发一次狠　紫禁城就变得更寒冷
前天它对着畅春园的湖
用鴃舌之音　大发雷霆
给它蒙上一层厚厚的霜
昨天它歇斯底里
冻掉了未名湖的七成
湖里冒充鸳鸯的鸭子　成群结队
摇头摆尾地游　咬松了湖中薄薄的冰
我也兴高采烈地加入
扔小石子　听那鸟鸣般叽叽啾啾　抗议
呀呀呀！太阳照射之下　疙疙瘩瘩　丑陋狰狞

瞧！这个选择命运的人

——致荷尔德林

2019/12/31

瞧！这个选择命运的人
他在平凡的春天里　静静出生
在夏天摸索前进　寂寞如影随形
仅有的知音甩开了他的手
吝啬地收回了鼓励和肯定
只因一睹命运的尊容　吓掉了魂
他在煎熬中挣扎　孜孜不倦
创造了一个绚丽多彩的秋天　献给众生
他单枪匹马　风驰电掣　一往无前
将肉体远远地抛在后面
永久地　在没有星光的冬夜里长眠

爱的幻影

2020/1/7

五彩缤纷的秋天
我穿着金黄色的衣裳
偶遇你
你以为我是金色的秋天
成熟　稳重　沉静　饱满
那是你心中的幻影　不是我
一个有着四季的人

玄妙的口罩

2020/1/22

瘟疫横行　防不胜防
周围的人个个聪明机敏
将抵挡病毒的口罩　抢购一空
没有抢到的人
将自己社交媒体的头像
换成了戴口罩的模样
啧啧啧　真正考虑周全
凡事都慢一拍的我
只能空手而还
我明天早起　梳洗打扮
在脸上画一个比真实的更真实的口罩
在右下角写上——N95
病毒见我　不是绕道　掉头　就是转弯

一群游泳的鱼

2020/4/12

一群形影不离的鱼
每天每月每年　从朝至暮
由南至北　自东向西
直着游　横着游　打着圈圈游
别人都说它们在觅食
其实它们只是在一起聊天

大海中的孤岛

2020/4/15

大海中的孤岛　还是一座荒岛
登陆与停留的都是水鸟
它们没有带来任何植物的种子
刮过的风
也没有吹来眼前的希望
从荒芜到森林覆被　还有兆载永劫[1]
但终将郁郁葱葱
大海中的孤岛　还是一座荒岛
它不慌不忙　静静地欣赏
星辰大海　鱼跃鸟飞　各式船帆
大海中的孤岛　还是一座荒岛

---

① 兆载永劫：佛教语。指时间悠远漫长。出处：《无量寿经》卷上："所修佛国，开廓广大，超胜独妙，建立常然，无衰无变；于不可思议兆载永劫，积植菩萨无量德行。"

自然生长

2020/4/16

饥来食　困来眠　我喜欢
教化我实在太难
任何的拔苗助长　都令我不悦
甚至勃然大怒　天生逆反
当然也因此吃尽苦头
也曾立志以他人为榜样
奋起追赶　终究
沮丧　焦虑
不是美味的食物　还是
将错就错　一切照旧
自然生长　我喜欢

窗边的小鸟

2020/4/16

天还没亮　窗边就来了几只小鸟

它们一边吃饭

一边七嘴八舌　闲聊

睡眠质量　饮食　新朋友和春装

细细碎碎　寒寒暖暖

我还睡意朦胧　想再补个回笼觉

刚要驱赶它们

耳朵赶紧伸手捂住我的嘴

别闹　别闹　它们可是我的珍宝

愚人多瞌睡　不如起床劳作

太阳也正在梳洗　准备出门

担心睡得越多就会越蠢

蝴蝶的翅膀

2020/4/19

听说一只蝴蝶扇动翅膀
能引发天南地北的地震与海啸
只有这样　才配得上你这个扎人的女人

忘了第一次见到你的情形
只记得大伙儿雪中登山
你说玩就玩　在雪地里打滚
没见过这么疯野的女人
行为与年龄不相称
你伶牙俐齿　口不择言
没见过这么刺人的女人
某次不当的玩笑
众人都顾忌不言
你射杀人的表情就是你的发现
没见过这么纯真的人

有个穷孩子　没饭吃　没学上
你长途跋涉　去给他铺一条路
杯水车薪
没见过这么愚蠢的女人
看到水变污　空气变浊
你就辞了高薪的工作
倾家荡产搞公益
撒播绿色的种子
没见过这么幼稚的女人
一次一次　不妥协
没见过这么令人汗颜的女人

听说一只蝴蝶扇动翅膀
能引发天南地北的地震与海啸
只有这样　才配得上你这个死磕的女人

金字塔里的法老

2020/4/20

世界奇迹的金字塔里
不死的法老
锦衣下的万年之躯
日渐衰老臃肿
鸡皮鹤发包裹被覆
屎尿臭秽
食尸虫在里面快活地钻进钻出
手舞足蹈
哎呀呀呀　这样的日子真美好
愿天长地久　不要终了

蚊 虫

2020/4/21

天气一热　蚊虫就张牙舞爪
东叮叮　西咬咬
嗡嗡嗡　吹着喇叭到处跑
无法容忍的是一直叮着眼皮咬
啪
让你不老老实实吸血
死翘翘

百看不厌

2020/4/23

花开花谢的流变里
百看不厌　永远新鲜　魅力无限的
是初生的婴儿　和求知的人

女　人

2020/4/23

女人是天下最神奇的造物
古今中外　天然的顶尖赞语
都与她们相关
女人是天生的哲学家
女人是天生的艺术家
其实　女人还是天生的侦探
日常的八卦　窥探只是训练
为了婚恋中正式上岗　精准侦探
侦探中的侦探
不用翻看男人的手机　钱夹
更不用偷听电话
只用静静地闭上眼睛
倾听他迎面走来时　生命的脉动
就可以做出一个八九不离十的猜想
再扫一眼他的眼神

轻松取出　无误的证明　毫无挑战性
女人最怕的　不是错综复杂的线索
而是无法遇到
让她们想成为侦探的男人
天下才有那么多的男人不是单身

爱好求知的人

2020/4/24

人

仅仅只是习得一种新技能

就会无比快乐

据此　就可自诩为爱好求知的人

痴心妄想的梦

2020/4/25

晨起是因为　窗外的鸟鸣
桌上搭配精美　营养均衡的早餐
晚上安眠是因为　大自然的香氛
萤火虫的灯笼　暖烘烘的被窝
年复一年的白昼　还没有厌倦
是因为有无语神会的人相伴
一起做着自己喜欢又擅长的事
小憩后的下午茶　不是为了吃喝
而是感谢命运的恩典
咳咳咳　有人说
这样的生活真是痴心妄想
是的　一生如此短暂　电光石火
根本做不了真正的丰功伟绩
却刚好做一场痴心妄想的梦

文静的刺猬

2020/4/25

文静的刺猬　很淘气
喜欢东戳戳　西刺刺
试试自己的衣服有多好用
老是扎伤别人
年岁渐增　慢慢变得老成持重
炸毛的脾气　平时不见踪影
只在他人悍然进犯时　骤然释放天性
请记住　这是一种本能
不要指望教育　克制
关键时刻都起不了什么作用
安全起见　离她远点
别看她似乎很文静

挫败的逆反

2020/4/25

学生时代的课堂　睡得真香
我的志向　从来不在发言
自私　有生以来　从没更改
磨磨叽叽　不务正业　自娱自乐
再顺便窃取别人的宝藏　多么赚
老师安排任务　还没说完　不
拒绝　是本能的反应
据说　这是幼儿逆反时期　教育失败
可是东躲西藏
最后还是被老师安排了活儿
姜是老的辣
教育　成长　不在于纠错纠偏
而是一门深入　炼成老姜
以毒攻毒　游戏人间

孤芳自赏

2020/4/25

骄傲的昙花　不染尘埃
只在极静的子夜怒放
孤芳自赏
把憔悴　衰败　留给慕名而来的人
和喧闹　繁华的白天

春 困

2020/4/26

惊蛰唤醒了万物
它们萌芽　抽叶　拔节生长
每一次的惊雷都在喊加油
它们抡胳膊甩腿　一路疯跑
推推搡搡　把我挤到一边
还抢了我的氧气
害得我到了起床的时候
怎么拼命努力也睁不开眼

漫漫长夜

2020/4/28

漫漫长夜　不期而至
无法删除　细细地品尝
片刻的欢娱　是它的赠品　迅疾地
随风而逝

不落的花

2020/4/28

三月将尽　花香转淡
暖风摇摆
吹起一场又一场的花雨
一朵小花　生性羞怯　悄悄地盛开
花与枝相连
你是我眼中最美丽的花啊
我是你一生中最稳固的家
你侬我侬　缠缠绵绵
离别之时　踯躅不前
分离的话　怎么也说不出口
花闭上眼　垂下头　干枯在枝头

栾树的花香

2020/4/28

暮春的风
将栾树的蜜香送向远方
白马湖边的长凳
空空荡荡

野　莓

2020/5/1

在天灾人祸的这个春天
大门不出　二门不迈
但是　明天　我要出门
小心翼翼　却也果敢　出门
去拜访即将盛放的野莓花
预定下整个季节的野莓果
在满满当当的酸里
尝那一丝丝的甜

五一劳动节

2020/5/1

漫长的疫情期间还放假
真是令人惊讶　调休补课
着实有趣
那些过劳动节的人
不是在外面旅游
就是在家赖床　午时起来
吃饱了再出门去玩
不过五一劳动节的人
在作业　教案　论文　表格中打转

说　话

2020/5/2

呱呱坠地　开始与世界说话
哭泣　欢笑　沉默　咆哮　大吼大叫
对他人和自己的五脏六腑举起了刀
黔驴技穷　纵身一跳　一了百了
一个机灵的贼　悄悄地来
倾听　追问　细语　记录
话不投机　偷偷逃跑

劫后的夏天

2020/5/2

新冠匍匐在冬天　行窃
成功偷走了春天
夏天太炽热　新冠搓着手
团团转　眼睁睁看着夏天
鼻孔朝天　趾高气扬
守护着人们短衣短衫
开心地劳作　运动　吃喝玩乐
自由欢畅

炼狱的五月

2020/5/2

气候宜人的五月　一点一滴

开始炼狱的时节

科研　教学　课业　球技　一样都不减少

穿过炼狱　重逢闲适

在火热的六月

又是一年梅雨季

2020/5/8

又是一年梅雨季
温婉可人的水汽　一次又一次
制造了美丽的云海
夜夜守护着安乐的梦境
我在东阁上　喝着茶
旁观了一个又一个
幻生幻灭的故事

抓虱子

2020/5/11

许多虱子
藏在我浓密的头发里
撑得肚皮发亮
拄着拐棍　才能稳住脚跟
我要捉住它们
像猩猩一样　放在嘴里
嘎嘣一下
简单地兑现一个因缘果报

妈妈老了

2020/5/14

妈妈老了
不知何时开始
行步龙钟　鸡皮鹤发
妈妈老了
从前远近闻名的好厨艺
已经咸得下不了口
妈妈老了
曾经年轻力壮的身子　轻轻松松
烘干过六个儿女尿湿的床褥
时间变本加厉　一并讨伐
妈妈老了
啰啰唆唆　自说自话
小幺姑你么子时候回来
我说我最近真的好忙好忙
学生课业　我的科研　进修

还有好久没见的朋友
时间　排都排不过来
很好　很好
你不用回来看我
好好奔前程　莫待老了
想努力也做不动
我攒了好多好多土鸡蛋
你回来再带走
我说　妈妈
我最近真的好忙　没有时间
好的　好的　你忙　你忙
妈妈老了
明明　儿女个个都不在身旁
心里却还是跟以往一样　不闲
大儿子　小儿子　大女儿　小女儿
一个一个操心　一天一夜
二十五个小时都轮不过来
妈妈　我过几天回来
妈妈老了
天还没亮
就去买了新鲜的鸡鸭鱼肉
记不清我得过几天才回来

缪斯降临

2020/5/14

缪斯降临　驾着七彩祥云

天地之间汪洋浩瀚　唯见光明

众神随之显现　使出看家本领

诚心供养

答谢她点亮的瞬间

为人类做贡献

2020/5/15

一般来说　人们通过劳作
为人类做贡献
有的人　为人类做贡献的最好方式
就是什么都不做
而有的人　是最好早点死掉

审美的距离

2020/5/16

即便咫尺

仅容梦幻与想象的距离

亦能无端生出

不可思议　摄人心魄的美丽

往前一步　就会悍然入侵

丑陋王国的神圣领地

赶　路

2020/5/16

我不赶路

提前　准时　延误　取消

都是好风景

投 胎

2020/5/16

一个即将投胎的魂灵
在阎王殿前长跪　祈求
一个美好的来生
你想要一个什么样的来生呢
佛爷慈悲　我前世悲苦
想换一个美好来生
不用勤苦劳作　就能享有荣华富贵
可以恣意妄为　却不必承担后果
阎王爷听了　思忖　自言自语
那就只能做走狗
魂灵闻言　大喜　生前早已艳羡
那些达官贵人的走狗
养尊处优　数不清的仆人伺候
就做走狗　就做走狗
孩子　做走狗也不容易呀

想要一直受宠
各种技能都得习练　运用纯熟
这个容易　这个容易
魂灵兴奋地打断阎王爷的话
主人要我舔就舔　要我吠就吠
要我咬人就咬人
反正我又不用负责任
就这个　就这个
魂灵边说边起身
阎王爷见状马上起座　想要拉住他
张嘴正要说话
只见魂灵踌躇满志　转身
一头扎进无边黑暗
留下一股恶臭的青烟
阎王爷一屁股跌进座椅　颓丧
世人如此愚蠢
哪里可以恣意妄为　不负责任
现在做走狗胡作非为
往后就要做牛做马
一丝一毫　偿还干净
这样头进头出　轮转不休
我这黑暗地狱何时才能关门

愁　绪

2020/5/20

响晴刮起了风

随后又下起了雨

那飘飘扬扬的雾

被雨水打湿　沉重地坠落

在大地

隧 道

2020/5/22

长长的隧道　漆黑一团
听说　出口处
有着无上的美景
穿行的每个晨昏
在黑暗中起　黑暗中居
黑暗中摸爬滚打　踯躅前行
点亮前程的　是心中的光明

森林的秘密

2020/5/22

一花一草

一树一木

一只狐狸　一只猫头鹰

还有一个凶神恶煞的老妖精

组成了一片精神明媚的森林

修 行

2020/5/22

修行　不是避世觅清静
而是在事中打磨心性
多做一些事　再多一些
不在做事中圆融
就在做事中爆炸
嘭
老修行啊老修行
又一次　火烧功德林

时间的空白

2020/5/23

时间　是个妄念

它的空白

只在俯仰的专注之间

万物生长

2020/5/26

万物谦卑羞怯
借着风雨雷电的遮掩
茁壮生长
每次雨过天晴
它们都大不一样

宠物狗的精神

2020/5/28

大街小巷　随处可见
被主人牵着散步的宠物狗
狗狗相见　分外眼红
玩命地拉扯狗绳　对主人说
放开我　让我去杀了它　汪汪汪
龇牙凶狠　拼尽全力　冲向对方
臭小子　老子要杀了你
彼此彼此　惊人的一模一样
主人们都被自家狗的勇猛感染
准备卸下狗绳　看它踏杀天下　凯旋
狗绳卸下　剧情反转
温和一幕瞬间上演
有的摆尾　暧昧谦卑
喷着鼻子　去闻对方的屁股
不善社交的　仰头望天

佯装高大威猛　无视对方
内心急切祈祷
不要看我　不要看我　我不存在　我不存在
万能的上帝　圣明
将宠物狗的智慧　勇猛
一切带来令名的精神
藏在细细的拴狗绳
主人若想看到自家狗狗
成为狗界滑铁卢前的拿破仑
千万　千万
不要松开自己手中的狗绳

围　剿

2020/5/29

新冠横扫一切
大地寸草不生　一片蛮荒
上苍生出悲悯之心
一丝扶持生命的正气　油然而生
手舞足蹈的新冠见状　勃然大怒
那个刺鼻的是什么鬼东西
唾沫　毒气　所有的徒子徒孙闻言
蜂拥而上　重重包裹　改装成新冠
天地恢复肃杀　一切生命再次病病怏怏
新冠对此非常满意
扶了扶刚刚气歪的皇冠
趾高气扬　回宫安眠

好生之德

2020/5/29

上苍有好生之德
将万物承载　安养
创造了大地　海洋　山川　空气和阳光
每一类生命一个空间　一种行当
如此才让宇宙正常运转
即使见之作呕的蛆蛆
也为它们准备了臭秽的粪池安居
平等对待　制造了天道运行的法制
因果不虚　无欠无余　禁止嗜杀屠戮
只有愚蠢麻木的物种才不知道
刀刀利刃　都在切割自己的心脏

严寒的冬天

2020/5/29

严寒的冬天
万木凋零　无边萧瑟
唯一的新绿　是人们食用的蔬菜
从南至北　没有什么美景
冰天雪地　严霜肆虐
自东到西　没有什么赏心乐事
唯一可干的　关门闭户
升起炉火　煮茶读书　静待春天

读《玛丽恩巴德悲歌》

2020/5/29

文学奥林匹斯山上的神
歌德　年老之前　依靠理性
塑造了成熟　稳重　中庸　神圣
赢得了同代人无上的赞誉　崇敬
伏住了年轻力壮的血性
年岁渐增　日益失控
无力地看其暗流涌动
越奔越速　冲向巅峰
突破了体面的理性
举止愚蠢　荒唐
惹人耻笑　招人同情
抵消了从前的美誉
回归了生命的原本
在炽热的煎熬中　得失渐渐平衡
终于　终于

老人获得了真正的圆满

沉静与安宁

准备好开始新的旅程

误 事

2020/5/31

太阳昨晚闲逛　遇到
浑身长毛　眼神迷离的月亮
一瞥失魂
犹如喝了千年窖藏的老酒
直到今晨　脑子都不清醒
明明龙王安排乌云今天来行雨
它却傻呵呵跑来
精神抖擞　照得天地亮晃晃
雨云愁眉苦脸
拿出工作安排表
太阳才讪讪退场　暗暗叫苦
美色果然比酒更误事　美色果然比酒更误事
赶时间　大雨沛然而至
将太阳淋了个正着

弥　补

2020/6/10

为了弥补整个夏天的燥热
老天送来一个凉爽的夜晚
不用空调　风扇　和蚊香
即便到了清晨
每天准时来唱歌的鸟儿　也只是
咔嗒咔嗒地梳毛　时不时偷窥我
是否已经醒来
我不起床　它便不出声

破晓之前

2020/6/12

破晓之前
天地伫立在最后一丝宁静中
沉思默想
太阳开始洗脸　朝霞在敷粉上妆
准备一起盛装出场
早睡早起的鸟儿们　还在梦呓
在沉睡中预见着即将到来的事
人　在此时
全然地　清醒

命运这个顽童

2020/6/12

命运这个顽童

一天到晚没个正经

东戳戳　西碰碰　稀世奇珍

玩着　玩着　脾气上来　随手一扔

有时突然发神经　砸个粉碎

疯疯癫癫

掩饰他的克制　严谨

以行为告诫世人

聚是缘生　散为缘尽

风景

2020/6/12

奔赴一个目的地　不只是为了目的地
沿途的风景　更迷人
那些肥沃或贫瘠的土地上
生长着各种植物
高的　矮的　粗的　细的　漂亮的　丑陋的
千差万别
有的繁花似锦　但不结果
有的朴实谦卑　硕果累累
有的漂亮迷人　剧毒致命
有的丑陋多刺　却能还魂
奔赴一个目的地　不只是为了目的地
而是看风景　有心的
制造风景

我来自哪里

——和小凌的诗

2020/6/13

我来自哪里

我去问父母

父母羞红脸　装作没听见

我再问父母

父母皱眉头　怒目而呵斥

我去问邻居

邻居哈哈笑　要我问父母

又来问父母

父母不吭声　关我小黑屋

我来自哪里

太阳告诉我　月亮告诉我

一闪一闪的星星请你告诉我

窗外的风儿飞鸟也来告诉我

我来自哪里

即将到来的旅行

2020/6/13

兴奋　失眠　晚醒
睁眼看到燕儿问　你还要不要旅行
当然　为何不
听说新冠又苏醒　燕儿敏儿想禁足
我说我不改行程
群里也在叽叽喳喳　讨论个不停
有人取消　有人犹疑　有人旁观
有人说只要能　也要返校睡两晚
从冬到夏　他们说退费　说课程
从来没有谁放弃
这个月盼下个月出现奇迹
开学　开学　开学啦
一个生活精致的女人
准备了不同季节的书包
预备带着顺应季节的美貌

在古老的燕园穿行
听课　泡图书馆　进食堂　去湖边散步
热爱交际的人　约饭　约酒　约茶　约同游
我最精简　说　不担心　不改行程
那些久别重逢的　初见的　将见未见的
偶遇　惊喜　邀约
久远劫以前就已注定　总在恰好的时候到来
带着欣赏　惜缘的从容
放松　放松　放松　别担心

清晨的大雨

2020/6/14

天刚破晓　电闪雷鸣
倾盆大雨　片刻不停
它窃走了我的朝阳　鸟鸣
每日晨起的欢喜清新
老天爷啊　管管它
再由它任性
范蠡西施就要泛舟岳阳楼

停下来

2020/6/16

停下来
听说你还在一路狂奔
我闻犹怜
改良需要时间
这是一场所有人的劫运
煎熬取代了理性
停下来
听说你还在一路狂奔
一直坚强　永不退堕
会不会很寂寞
会不会遗憾
停下来
一生一世　服一次软

赏花的心

2020/6/16

人生本来没有不得不

一旦动了赏花的心

最怕的是

患得患失　瞻前顾后的败兴

满楼风

2020/6/16

高耸入云的山巅
筑有一座金碧辉煌的楼
从来没有人见过
楼主过着怎样锦衣玉食的生活
只见时常有神奇幻丽的泡泡
从中飘坠
一个个啊　绚丽多彩　魔力非凡
见者无不觉得自己神武威猛
举世无双　胜过四天王
自己生活的国度真纯美好
极乐世界难比量
天外的风　无中生有　无形无状
推开了南面的窗　击中了北面的墙
撞击回来　推开了另外的窗
一扇接一扇　尽皆洞开　咔嗒咔嗒

风·三七

窗摇墙晃　满楼的风
风呼啦啦地呼　一转眼
绚丽的泡泡一个个无声破灭
烟消云散
山下的人见到雨云接踵而来
它们将在风的摧枯拉朽之后
洗涤打扫　洁净一空

自然的凉爽

2020/6/17

即将到夏至
太阳的威力越来越大
清早出来　把大地烤得滚烫
一边西行一边加量
空调的风寒　像铅一样灌满全身
滞重难受　我想要儿时的夏夜
自然的凉爽
风说我来帮忙　呼呼地开始盘旋
雨说我也来　哗啦啦洁净天空
洗刷大地
转眼热浪消失　回到了从前
自然的凉爽
过不多久　夏虫们的乐曲就要奏响
萤火虫负责灯光和保安

它们一起向我承诺了今夜的时光
安然　惬意　自然的凉爽

今天早上

2020/6/19

清晨　早起唱歌的鸟儿
惊奇地发现我在赖床
扭来扭去　懒懒散散
平常的这个时候　我在锻炼　精神饱满
它叨住我的耳朵　把我揪出被窝
又呼朋唤友　忙忙碌碌
打乱我的计划　　衔来各种鲜果
蜂蜜　日出前的甘露琼浆
搅拌　制成芳香　精美的早餐
闻到香气的人　没有一个不垂涎成河
一只羽翼还未丰满的雏鸟负责监督　催促我
快快洗漱　打扮　换上美丽洁净的衣裳
它们婉转的歌声为我佐食　帮助消化
一切就绪　齐刷刷振翅
精力充沛　出发

小水滴

2020/6/20

睁开眼睛　小水滴浑身是劲儿
总想出发　要去哪里　做点什么
发泄才能身心平静
嘭！看到石头　全力以赴　砸上去
噗！遇到土地　不遗余力　欺过去
轰！遇到低洼　毫无保留　跳进去
即便遇到沙漠　也兴冲冲迎上去
从不消停　横冲直撞　让它
晕头转向　粉身碎骨　魂飞魄散
一旦凝聚　睁开眼睛　又是一身力量
这样　上天入地　去了很多地方
指天激情　不增不减　汇入海洋
宁静的海面下　它未莽撞
睡眠之时也奔腾不止　比以往更猛更速
轻轻一纵　巨浪滔天
它不出声　天地已在旋转

浅 尝

2020/6/22

那天赐的甘露琼浆
只能轻轻浅浅地尝
再多一滴
就要酩酊大醉
误事　痛苦和灾难

汗　水

2020/7/5

秋冬　万物含藏　我也休眠
稍有动纳　致人寒凉
我在春天苏醒　摩拳擦掌
等到夏天　不管
有没有遮挡　我都
奔腾　尽情流淌
人我欢畅

远　行

2020/7/6

远行　起航
在熄灯的时刻
乘坐装满玫瑰的舟船
随风飘荡　不靠岸

裸奔的人

2020/7/7

裸奔的人　不想有烈日　怕晒
不可能
裸奔的人　不想有狂风　怕刮
不可能
裸奔的人　不想有暴雨　怕淋
不可能
裸奔的人　不要期待
风和日丽　舒适宜人
怕痛　怕冷　怕淋
披挂铠甲　利剑和坚硬的盾　再出门

我的严肃认真

2020/7/7

看着我的严肃认真

我一边竖起大拇指　满心赞赏

一边忍不住　发笑

那些不虑结局　一往无前的打算

无一不是

在另外的时空　返回原点

这一次

还没开始　我就知道　也会同样

尽管如此

依然　一如既往　精神饱满

不虑结局　一往无前

虚度年华

2020/7/7

不要填满你所有的时光
虚度年华
窥探它计量的秘密
什么时候　又是如何
它予一赠一　或者
斤斤计较　大打折扣
看穿它的伎俩
不动声色
将它玩弄于股掌

生命的呼应

2020/7/7

生命的呼应

同频共鸣

粗暴感召粗暴

美好牵引美好

唤　醒

2020/7/8

如果我萎靡　沉睡
记得将我唤醒
点燃那松香玫瑰的烛
温柔地　猛烈地　不停地
将我呼唤
让每一个细胞都充满阳光
我将从遥远的梦乡
欢笑着飞奔而来

洁净乾坤

2020/7/8

屋外连绵不断的阴雨
霉变了万物　接一壶
将祸害众生的瘟疫　极权　邪淫
投入　熬煮
一饮而尽　洁净乾坤

知　足

2020/7/9

不以尘俗的得失度量
难能可贵的天赋
赐予了我　无上的欢愉
知足　知足
如此消磨余生
重复　重复
别无他求

风和草

2020/7/9

雨停了　风闲得无聊
到处晃荡　时不时　梳一梳草
绿油油的草　闭着眼　享受
一边随风倒　一边哼哼唧唧
舒服　舒服　再来　再来

在路上

2020/7/10

前方的一村一店
不是最终的居所
风雨兼程
东边采丝　西边觅线
细细密密　编织一条坚韧的绳
将双脚　牢固地系缚在大地上

踏出的每一步
坎坷　冷峻　漆黑　犹如深渊
不要上当　这是初见时的假象
早晚有一天　像呼吸一样自然
不要后退　躲进避风的港湾
趁着手脚健壮　一变再变

翻动那丝丝缕缕　不用沉重　用轻快

不要颓丧　挫败　要欢喜　炽爱

保持纯真　清新

清　晨

2020/7/11

寂静司掌着清晨
此起彼伏的鸡鸣
催促着还在梦呓的鸟
醒醒　快醒醒　再晚　就要抢不到虫
散布灾难的雨不知何时来临
赶紧　赶紧

宠坏的小孩

2020/7/13

一个新玩具　才几天
就随手一扔　哇哇大哭
要换新的
哭的时候
两只手在空中乱抓
两只脚互相踢蹬
然后倒地打滚
哭得青筋直跳　浑身发紫
父母都不直视他
仿佛自己犯了错
一个宠坏的小孩

感 冒

2020/7/14

一不小心　偶感风寒
感冒　发烧　胡言乱语
畏寒　浑身滚烫
居起不安　食不甘味　夜不能寐
无休无止
积极治疗　也要许久才能完全复原
没有人能免疫　没有人能根治
没有人能逃脱
每次都是第一次　永远没有终了
病一次脱一层皮　骨立形销
病一次重组一次　越活越旺
感冒　是个好东西

摄人心魄的眼神

2020/7/14

令人艳羡的富贵
不在绝世的金银
不在千古的令名
在摄人心魄的眼神
那里含藏旷古的虚空
人间烟火的包容
透达苍凉的激情
追逐未知的不安分
祈求上苍的恩宠
赐我阅览海洋的眼神

梦 境

2020/7/16

梦里
我去了一个地方
小住　离开
留下一件华丽的衣裳
椅子空空荡荡

等待那个时间

2020/7/16

昨天　每一寸肌肤都在哭喊

此刻　每一个细胞都在歌唱

一切都有量　一去不复返

唯一需要做的

是用心体会　等待那个时间

偶　遇

2020/7/18

诗歌是偶然遇到的
你也是
那天抬头看见你
人群中卓然树立
只听到
心怦然一动
撞碎了乾坤

阳光重回的日子

2020/7/20

还在梦里徘徊　就听到
窗外的小鸟　叽叽啾啾　喊我起床
朝霞缀满窗帘
太阳　好久不见
我穿上红色的高跟鞋
飞到阳光下舞蹈
小鸟们扑棱棱围绕
飞上飞下　尽情地歌唱

今夏的雨

2020/7/21

今夏的雨
阴郁　连绵不断　硬生生
把夏天变成了深秋
湿漉漉　冷飕飕
预支了我一生的愁怨　担忧

我的快慰

2020/7/21

我的快慰在于
我所在的地方
总在向时光呈现它的宝藏
我属于的这个时光
不断地更新色彩
越来越快
越来越多样
越来越敞亮
越来越明艳
一直向前　又仿佛在倒转

重返天堂

2020/7/21

亚当疲惫不堪　愁怨
说自己不是世界之父
亦不曾见过天堂
哀告　祈求见上帝
上帝摇头　叹息
我的孩子　你这样
我也无法让你返回天堂
天堂之门　天使把守
手执喷火的宝剑
洞开天堂的钥匙　在人间
同频共振
唯一的路　人间的天堂
找到你的夏娃
倾听她的声音

她会给你指引　未来

你们同返天堂

夜 饮

2020/7/21

节制已久　难逃懈怠
突如其来　兴致盎然
点滴累积　一次兑现
不管明天是误事　昏沉
还是神清气爽
此刻只要一饮而尽
用美酒
一把扯下夜的纱帐

重新失败

2020/7/22

窗外的蓝天白云
跟梦里一样
你在风中摇曳　比梦中更欢
我在精神明媚的早上
开始新的一天
尝试新的失败
祈求这一次更痛快

清晨的时光

2020/7/25

清晨　万籁俱寂
红尘还没有苏醒　天地清明
这个时光
最适合沉思　冥想　创作
呼吸吐纳　拉伸　唤醒身心
除了窗外的小鸟
谁　都不准出声

不要相信大海的宁静

2020/7/29

不要相信大海的宁静
它从未停止过奔腾
看起来的磨镜[①]
掩盖着暗流　骇人的涌动
时间一到
你看那千尺的浪尖

① 磨镜：磨镜是磨治铜镜。古用铜镜，须常磨光方能照影。佛教中一般指禅宗修行人用功修行，不让自己的清净心染上尘埃。此处的“磨镜”是描绘“对境生心”，肯定人性符合佛教“空有不二”的思想。

不热的夏天

2020/7/29

炎夏酷暑　炙如火烤
祈求念叨　来一点风　再下一场雨
给一点清凉
年复一年　如是酷热　如是祈祷
今年夏天　得偿所愿
清凉　不
冷
恰如往昔所求
可是　它附带的赠品太沉重
瘟疫　洪水　天灾人祸　层层递进
清冷的夏天　阴森森　骇人
如果可以　原路返还　永不再来

蚊　子

2020/7/29

蚊子嗡嗡嗡
我们签个君子协定
我不对你下手　你也不准对我下口
隔壁的邻居　胖得圆滚滚　又不爱运动
最适合做你的豪华餐厅
蚊子嗡嗡嗡
飞来飞去都不要靠近我的头
千万千万　别把我吵醒
蚊子嗡嗡嗡
勤劳巡逻不能停
免得冒失鬼误闯我的梦境

青　春

2020/8/1

凌晨两点
朋友还在喝酒　沉醉
感慨青春不再
容色　体力　是时间的死党
无情无义　唯一所好
给人幻想　让人绝望　永不回头
我早已举手投降
任凭随意处置
从无丝毫怨言
我所在意的
是否还有欲求　激情饱满
是否还能随时疯狂
说变就变

今夜的月亮

2020/8/2

骑行　像风一样

穿过大街小巷

突然　所有的路灯都熄了

四周一片漆黑

我抬头看月亮

只见她掩嘴窃笑　不语

原来

是为了这刹那相对

静谧的时光

造　反

2020/8/3

每天的生活

丝毫不乱

今天只做一件事

造反

无价的珍宝

2020/8/3

无价的珍宝　人见人馋

要想获得

等价交换

热爱烟火的生活

付诸行动　汗水　温度

全心全意　点滴成就　功德圆满

或者

把自己的生命虔敬地

奉上神坛

学生的信息

2020/8/4

早晨醒来
看到学生的信息
诉说迷茫
是的
既不能脚踏实地生活
也不能沉入知识的海洋
哪里还能找到人生的方向
肉身凡胎　没有几个能够
像梵高　尼采　荷尔德林一样
将自己的生命敬献　供奉上神坛
只能带着 37℃的温暖　饱满的激情
全心全意　投入烟火的生活
点滴累积　直到功德圆满

靠 岸

2020/8/5

你驾着一艘破败的小船
在茫茫的大海上航行
应该说是随波逐流
因为丢失了指南针
你早已迷失了方向
船舱里堆满了稀世珍宝
都是你一手一脚　辛辛苦苦
从大海里采集　打捞
它们是你功成名就的旗帜
曾给你无尽的荣耀　欢愉　满足
如今　密密麻麻　堆满了船舱
剩余的地方　你转个身都困难
累了　你就只能靠在上面打盹
醒来　继续搜寻　打捞
就像被魔鬼诅咒了一般

最令人担忧的　还是
你用铁链拴着一只金龟　举世无双
我曾见过它金光闪闪的甲片
你也因此获得了同行人的
掌声　艳羡　甚至是嫉妒
就在捕猎它时
指南针不慎掉进了海洋
金龟体形庞大　时常挣扎
眼神里充满了哀怨　有时甚至是恨
锁它的铁链磨破了船舷
使船跛行在海面上
偶尔还会不停地原地打圈圈
看得同行人心惊胆战　暗暗捏汗
放它回归海洋吧　还有那些珍宝
通通扔掉
前程路漫漫　等待你的
是无穷的暗礁　食人的鲨鱼
说来就来的风暴
挂起云帆　追着太阳　一往无前
靠岸

蒲公英

2020/8/5

微风吹拂　带来一朵蒲公英
轻盈温柔　纤尘不染
蒲公英说
你可以把我种下
也可以任我继续随风飘荡
我说
你想留就留　要走　就走
你到达的任何地方
都是我的地盘

苦难的年代

2020/8/6

苦难的年代
用大火　洪水　虫灾　瘟疫　战争
隆重地　庄严
迅速地　用尸体垒成了高山
造山还没有完
妖艳的罂粟花　就已怒放
一夜之间　狂野地爬满了尸山
所有见过的人
眼里燃起了　爱与死的火焰

惊　讶

2020/8/7

起初
我只记住了崇山峻岭中
幽深的隧道
它尽头的光明是什么
我一直在追问　猜想
如此迎送风雨阴晴的晨昏
最令我惊讶的　是山间的风
它轻轻地吹拂
就能掀起千尺的巨浪

天怎么还没有亮

2020/8/8

一想到
要再次用光脚丫
将那片神秘的土地丈量
不知名　不成调的曲子
已经在心里欢唱
像小时候要出门游玩
夜幕才降临　就紧盯着窗户
时不时问
妈妈
天怎么还没有亮

先哲说

2020/8/9

先哲说
头顶的星空和内心的道德法则
通过持久的深思
唤起的惊奇和敬畏　渐新渐增
内心的道德法则说
能冠我之名者
唯有真挚　纯粹的爱
头顶的星空说
为了在万有之中
卓然树立　自居为人
活得酣畅　死得安然
拒绝无知　迷失　自欺欺人
要自由　狂欢　一往无前

致 哀

2020/8/10

死神　慈悲地接引
那些装点尘寰的精灵
回归海洋
涤荡尘垢　消除疲倦
将他们安置在
吉祥　喜乐的梦乡
下一世
又是一番灿烂

瘾君子

2020/8/11

真正的瘾君子　从不知道
什么叫浅尝辄止　见好就收
做一件事
不刨出祖宗十八代
不预想子孙后代
就不会停下来
若非索然无味
干得不痛不痒
梦里都会恨得咬牙切齿
跳起来

都长大

2020/8/14

你在山村长大　那里民风淳朴
重情重义　吃饭的时候
也要端着饭碗去串门
家里虽然很穷　买任何饮食
都是朋友一份你一份
你说外面的世界对你是一种伤害
渐渐地
没有了你想为他买饮料的人
经历了许多难以想象的事情
你决定离开
回去
也许是透气　也许是逃避
也许是找一个适合你生长的节律
我也曾经跟你一样
许多年以后才选择投降

人们早已习惯了没有童年

一夜之间　都长大

只有零星的几个　不想这样

诗歌评论

2020/8/15

笃信不疑
鉴赏　评论是文学之眼
可读读诗歌
再听那些连珠妙语的评论
目瞪口呆　疑虑重重
那些坟墓里的诗人
会不会　或笑　或烦　或怒
情极而亡　一死再死
看
那饱学儒雅的专家
带着虚拟　比喻　夸张　十八般武器
款款而来
坐好　坐好
老鼠戏猫的游戏即将上演

铜钱草

2020/8/16

给予阳光　水
我就能一次一次
浴火重生
撑起一把一把
绿油油的小伞

酷暑的太阳

2020/8/16

前天　骄阳似火
一天烧毁了我的铜钱草
昨天　它烤伤了我的内脏
咳出了鲜红色的血
今天　躲在家里也烫软了我的脚板
我起身
把衣服挪到太阳下　晒得滚烫
准备待会穿上　烤焦我的皮肤
这是它尚未下手的地方
有人问
你怎么就那么喜欢酷暑的太阳
错
我不过是想做得彻底
早点玩完

虚掷年华

2020/8/16

虚掷年华
是被漫长白昼追逐的黑夜
散发着摄魂夺魄的气息　呼啸着
进行日月星辰的轮转
用无所事事　颓废　挥霍　沉醉
测度白昼的纵广深浅
顺便　卜算一下
明天能走多远

不速之客

2020/8/19

临睡　关灯
四肢弦缓　即将入眠
屋内突然一阵骚乱
踢踢踏踏　乒乒乓乓
一只老鼠误入厕所屋顶
迷失方向　急速奔走　横冲直撞
不慌　不慌
我不杀生　你很安全
人们时常误闯他人领地
头脑成空　手忙脚乱
最后都会安然无恙
时间
会把你送回　来时的路
慢慢摸索　享受发现　逃脱
虚惊一场

迟熟的果子

2020/8/20

播种的季节
辛勤劳作　全心全意
耘土　下种　浇水　施肥
万般护理　无一欠缺
可是　开花　结果
通通晚于原计划
等到丰硕的果实沉甸甸
享用兴致全无　丢弃也很可惜
小心采摘　分与邻人
皆大欢喜

垂 钓

2020/8/20

湖边　雨中
垂钓的人　星罗棋布
脸上无不是喜乐　期待
钓吧　钓吧
轮回无非就是
你钓钓我　开心地吃掉
我再钓钓你　开心地吃掉
顺便炫耀一下过人的技巧和好运
赋予闲暇和食欲以无上的荣耀
上钩的刹那　毫不迟疑　一口吞下
激情　感恩
既不因为诱饵而侥幸
也不因为钩子而喊痛
否则　你我之间　生生世世
无法扯平

核　实

2020/8/20

吊儿郎当　随口冒出的语言
还没有编排成
他人眼中合乎规范的诗歌
专家　围观者早已开始鉴赏　评论
还有一些　仅仅被好奇心驱使
猜测　追问
到底是写实　还是借景抒情
如果诗中　真有其人　真相早已
或明或暗　或真或假　泄露无遗
剩下的　左核右核　都是
胡言　谎言　通通不真

论 坛

2020/8/25

思想自由　无疆界
严寒酷暑　群星璀璨
我在参禅修佛
你在采药炼丹
他在治国平天下
狭路相逢　少不得　短兵相接
唇枪舌剑　争个你短我长
有的挥舞哲学观点
有的使用专业规范
有的拿出学术前沿
不同领域　各种体悟　轮番登场
几个回合下来　脸色都很难看
算了　算了
鸡对鸭讲眼碌碌　懒得啰唆
各自返回

朋友圈里设定三天可见

角色定得牢固　坚决不露破绽

门口竖起牌子　上面写着

沉默　尊重　儒雅　心领神会

就是不再辩难　讨论

来呀　别冷场

没有相互厮杀　腥风血雨

还叫什么论坛

还有什么可玩

无聊

早 安

2020/9/5

昨晚

忘了诵经

一觉睡到天亮

整个梦里　全都是你

太　早

2020/9/5

春分的甘露
青涩的橘子
未熟的石榴
今年的一切都太早
慢一点　再慢一点
待蜗牛翻过前面那座山
万物也到最好的时间

秋　天

2020/9/6

秋天
最惬意的季节
不寒不暑　令人四肢弦缓
沉静宽厚
熨平心上的沟沟坎坎
春天的雀跃
夏天的躁动
冬天的紧绷
通通不见踪影
在秋天的怀抱里　抻手抻脚
放松　放松
飘荡到任何的地方
目力所及
都是五彩缤纷的画卷

盛大的葬礼

2020/9/10

耗尽了万贯的家财
采买了上等的云锦
锦上的云中龙凤
用真金线缠绕凤凰的羽毛
细心织就
完美的裹尸布　已经备好
仔细擦洗　清洁
抹上香料　它们采自
七种植物的汁液
七种动物的体液
不为防腐　只为开神悦体
一切就绪
在天选的吉时
下葬

放 晴

2020/9/14

连日的阴雨
我不喜欢
画一个笑呵呵的太阳
悬挂在头上
天地之间　立刻
光辉灿烂

独　立

2020/9/17

生蛮地　被抛出摇篮
还来不及哭泣
饥肠辘辘就迫使我
站起来　去觅食

自然风景

2020/9/18

不经意
那抬头瞥见的风景
深得我意

冬日保暖

2020/9/20

我们
围炉夜话　烹雪煮茶
磕磕绊绊的鸡零狗碎
诗意地　描绘彼岸
冷寂的冬日
烟火的啰里啰嗦
就能保暖
生机盎然

人 生

2020/9/28

不要对我喋喋不休
那些辉煌的昨天
它们早已走远
你却仍然活在其间
你的追忆　聒噪
搅扰了死神的酣眠
令它心烦意乱　举止失常
将你缉拿　关在黑暗的深宫大院

不要为我描绘　明天
神妙　天花乱坠
告诉我
是什么　给了你十足的信心
那爱恶作剧的命运　已经
承诺给你明天

你专注今天　忘了所有
烦忧　衰残　对你视而不见
兴冲冲　一往无前的时间
也被你吸引　停下脚步　看痴了眼

命运的恩赏

2020/10/3

踏踏实实
认真勾引　失身　迷乱
领受命运的恩赏
在春秋的草地上
在寒冬的炉火旁
在先祖征战的大海上
紧紧相拥　缠绕
喘息　战栗　尖叫着　化成烟云
继而
变成洁白的雪花　轻轻地飘落
厚厚地覆盖大地　静静地
孕育下一个精神明媚的春天

朋友　停止悲伤

2020/10/3

朋友　停止悲伤
如果你来向我倾诉
告诉我　你的快乐　不要无谓悲叹
不错　人有生老病死　痛苦不堪
这是上帝在对你解释　生命的真相
世界为你所用　非你所有
最长久的　通过死亡　一笔勾销
唯一能做的
是好好享用眼前的时光
如果怎么说　你都不信
让开　让开　别挡住我晒太阳
你惊讶地说　你这个疯子
天天阴雨　哪有太阳
是的　我没有等晴天
自己画了一个天大的太阳

挂在心上

你这个瞎子　一心寻找黑暗

人人都变成太阳　你也看不到光亮

爱　情

2020/10/4

每一次的初见

都是春天

怀揣着诚挚的心意

将自己敬献　以此交换

在我的世界烙印的地盘

而我的世界坚利似钻

如梦似幻

还没来得及　找到解决的办法

诚挚的春天　就已背反自然

坠入寒冬　伤透人心

那些自喜自悦的

经历了一次又一次春华秋实

四季的轮转　惊喜不断

而我　一直都在看

爱 情

2020/10/9

不要紧盯着
无上恋慕的那个人
转过身
一起面对无尽的世界
指尖传来的温暖
互相鼓励着
走进共同的时间

午　后

2020/10/10

慵懒的午后　喝茶　乱翻书
抬头　看到
站在阴雨后的小太阳　若有所思
你在想什么
我在想　明天雨停　我来
我们一起做什么
消磨这难得的时光

生　活

2020/10/10

不要为了　风雨兼程
对生活不耐烦
在一饮一啄里
给予　获得
细细体会
那丝丝缕缕的温暖

晒被子

2020/10/11

在阳光明媚的秋日里
把被子　一床一床　晒在太阳下
把我　晒在被子上
过一会儿　翻一翻
到了晚上
把被子　一床一床　铺在床上
我再钻进被窝里
居室和我　里里外外
都是太阳

我爱距离

2020/10/12

流行的话语　铺天盖地
我时刻警觉
不跟随
火热上映的电影
任何的邀约　缓缓　再缓缓
过几年再看
生日礼物　有了年份　再开动
一边使用一边忆想从前

我的彼岸花

2020/10/13

我的彼岸花　种了三年
一次都没有开
我埋入果皮蔬叶　花生壳　扫来的落花
还有偶然到来的蚯蚓
所有的花期　它都静悄悄　没有声响
它不在此界盛开
只在忘川河畔妖艳地怒放
热血沸腾　欲火焚身
一次又一次　见证　死亡　重生

远方的你

2020/10/16

有人问我　你在哪里
我说
你在远方　和我的诗在一起
无论何时何地
当我心中充满诗意　记录语言
你就和我在一起

雨后放晴

2020/10/19

连绵不断的阴雨

青风黑脸　气势汹汹　盛气凌人

放晴的时候　想起此前

好不尴尬

先来一场遮天蔽日的浓雾

掩饰羞红的脸

转 变

2020/10/24

躲懒偷安的路　已经走到尽头
从一个极端冲向另一个极端
曾在陈酿中沉醉　闭上双眼
悄悄地睁开　第三只眼　机警地
盯住命运的洞口
看它如何奔突　逃窜
一切的时节因缘　不都是
内心的召唤

躲懒偷安的路　已经走到尽头
从一个极端冲向另一个极端
别无他求　只要肆意　迷狂
变本加厉　一往无前

没有遇到一个清醒的活人

2020/10/25

旅行
走了好久好久
没有遇到一个清醒的活人
仔细地探寻　发现
有的死在摇篮里
有的夭折在青少年
生命力旺盛的　活到了中年
那空空洞洞的眼神表明
他们丢了魂
那些洪福齐天的老人
躺在金质的床榻上呓语
细数着梦里的荣华富贵　不世功勋
浑然不觉自己在腐朽
成堆的蛆虫　在身上翻滚

风·三七

旅行

走了好久好久

没有遇到一个清醒的活人

而我

也在梦中

空　城

2020/10/27

没有魔性的奔突

天马行空的想象

艺术

是一座徒有其表的空城

晨

2020/11/1

每天　叫醒我的
不是呆板的闹钟
不是叽叽啾啾的鸟鸣
是万籁俱寂里
独自欢闹的雨

谎言是人的衣裳

2020/11/1

亚当和夏娃坦诚了发现
被逐出伊甸园　流放尘世
从此
人们总是穿戴整齐　和谐共处
只在创作的时候　赤条条
一丝不挂

轮　舞

2020/11/2

命运是一场轮舞

有些人

不需要计划

不需要准备

一次一次照面

下一刻竟又重逢

一起去　重庆

2020/11/6

一起去　重庆
那座鬼斧神工的山城
欣赏和制造风景

一起去　重庆
那座天造地设的椒房
开始余生的专宠

一起去　重庆
在那里　我们
初见　或者重逢
偶遇　或者艳遇

一起去　重庆
明晚的火锅已经备好

各种调料　品类　层级　难以尽数
新鲜的食材　一眼望不到头
在咕嘟咕嘟的浓汤里　我们
一起熬煮思想　激情和欢笑

一起去　重庆

不要催

2020/11/8

不要催

不急　不急

我在等风起　等花开

等那个人　带着诗意来

游　记

2020/11/8

低眉顺眼
不是一朝一夕　一时一念
无中生有　在天地万有里采撷
匮乏　刚烈
在年年岁岁的风雨里浸润　打磨
愈来愈静　愈来愈速　愈来愈柔
一览无遗的魂神精识里
含藏了过去未来的所有

惜　缘

2020/11/10

每一个

风动　水响　花开

都独一无二

永不再来

每一个季节是如何度过的

2020/11/10

每一个季节是如何度过的
春天里　一边惊惧着余怒未消的寒意
一边欢喜着越来越多的阳光　温暖
夏天里　一边抱怨着难以忍受的酷暑
一边享受着抻手抻脚的酣畅淋漓
秋天里　一边迷醉于五彩缤纷的美景
一边狂热于收获累累硕果
到了冬天　身体还在行走
大脑已经进入冬眠
每一个季节的秘密
总在事后的细忖中
慢慢觅得它的踪迹

鲶鱼钓老鼠

2020/11/11

无稽山的湖泊中　有一条鲶鱼
没有人知道它活了多久
它自己也记不清　只知道
山下的黄河水
三次由混浊变清澈
它小时候喜欢猫在湖底　怕光
年岁渐增　胆子越大
健硕的身躯　慢慢开始闪烁出幽深的蓝光
激起了见闻者的食欲　好奇　和莫名的恐惧
鲶鱼在湖中游来游去　自由欢畅
有时用头　顶那些逐水而流的落叶残花
湖边觅食的松鼠迷醉得目瞪口呆
有时一跃而起　惊飞湖边的水鸟
惹来一阵恶毒的咒骂
玩得最专注　乐而不疲的　是

侧耳倾听　那些来到湖边的人
他们有的轻裘缓带　有的衲衣袈裟
前些时候来的人　长袍马褂
最近来的人　西装革履　有时短衣短裤
他们的语言　有的奇奇怪怪
鲶鱼不吃不喝　冥思苦想　也没悟出个所以然
有的精妙绝伦　听到就欢喜
有天　鲶鱼得意忘形
跃出水面后　半截身子挂在了岸边
太阳火辣辣　针扎一样　很痛
它正要滑下去　突然听到人声
什么东西　好腥臭啊
一条死鱼　不管它　走吧
鲶鱼干脆浑身放松　装死
连泡在水中的长须　都一动不动
天黑下来　鲶鱼还是不动　内心　莫名地兴奋
难闻的腥臭　借着风　在方圆十里流布
吱吱吱　吱吱吱吱
一只老鼠过来　用爪子试探着戳一下
不动　又戳一下　不动　再戳一下　还是不动
这只沾满黏液的爪子
欢快地呼喊另一只干净的爪子
一把抓住鲶鱼的尾巴　一口叉上去　咬紧
准备往岸上拖　突然天旋地转

鲶鱼扬起尾巴甩进湖里　一口咬住老鼠

一会儿抬头露出水面　一会儿潜进深水里

老鼠尖叫着喊救命　可怕的是

鲶鱼的口中竟然吐出人类的语言

你贪得无厌　自作自受　谁也救不了你

我错了　我错了　我改　我改

老鼠尖着嗓子喊

唔　鲶鱼满意地点点头

你以后要少欲知足　清净自活　记住了

好好好

你以后要上下求索　止于至善　记住了

记住了　记住了

好嘞　晒了大半天　累死我了　不跟你啰唆了

鲶鱼一口吞下老鼠　打了个长长的饱嗝

抹了抹嘴　一脸虔敬地念道

阿弥陀佛子　好脱此身去

言毕　沉入湖底

拥有自己的海洋

——致唐杨柳

2020/11/11

启航
不要跟随前面的巨轮
无论它有多辉煌
彻底免除　卷入　沉没的危险
独自征战　慢慢扩张
拥有自己的海洋

师生关系

2020/11/12

偶遇

恰巧驶入同一片海洋

我虽不能领航

但会真诚观望　欣赏　倾听　回应

有任何的需要

我一直

都在身旁

自己称王

2020/11/12

不用他人加冕

每个人

都是他自己的王

独自远航　征战

——致老师

2020/11/14

师长们秉持“这都是为了你好”
事无巨细　一一指教　修正
取道终南　只胜不败
我信奉受持　亦步亦趋　丝毫不越雷池
他们满意　我痛苦
内心　日渐萎缩　气息奄奄
您独独不同
在您眼中
人人都是哥伦布
发现新大陆
人人都是异域的巴尔沃亚
第一个见到太平洋
您召唤我们去远航

独自征战　拥有自己的海洋
您鼓励我们去攻城略地
建立自己的国度　加冕称王
我将信将疑
麻起胆子　迈开脚步　试探
求索的道路　走得弯了又弯
我却由此日益敏锐　老练
开疆拓土的征战　屡战屡败　屡败屡战
我也因此愈益强壮　勇敢
远航的小船　一翻再翻
我已成为熟练的水手
享受乘风破浪
我抬头　只见您在对面
欢喜　赞赏　得意地观望

看风景的人

2020/11/14

看风景的人

喜欢万事万物都是它自己的模样

若是别人像他

或者他被要求像别人一样

内心就会充满忧伤

痛苦不堪

第一场冬雨

2020/11/16

昨天
金秋的最后一个阳光
跟山河大地　花草树木　一一惜别
说　来年再见
冬雨随后受命出场
还在清晨的梦里
我就闻到它的气息　风尘仆仆
边走边说
是时候围炉夜话　烹雪煮茶了

那只抖擞起来的乌鸦

2020/11/17

爱汶河畔的那只乌鸦
被逐出故土　因为叫声难听
落在了珍稀鸟类的族群
嘎
天哪　什么声音　好个吓人
原来是一只抖擞起来的乌鸦
外观漂亮　嗓音动人的珍稀鸟类
忍住了嘲笑　彬彬有礼　视而不见
嘎　嘎　嘎　　嘎　嘎　嘎
这只乌鸦　一直大叫　着实讨厌
还以为自己能号令天下
珍稀鸟类窃窃私语　冷嘲热讽
商量着如何将它教训
没有用　动物生存　都靠本能
想要教猪　用人类的语言唱歌

没门

嘲讽　浑身漆黑的乌鸦充耳不闻

只见它一冲上天　脚踏星辰

飞进文学奥林匹斯山上的圣殿

尊超众神

那只抖擞起来的乌鸦　名叫

莎士比亚

我的无上功德

2020/11/19

我的钱　永远都不够用

比钱更加不够用的

是脑子

那些绚丽多彩的智慧

总在无用武之地的时候到来

我存在的无上功德　在于

凸显他人　神智洞达

福慧超群

剃 度

2020/11/19

手中的扫帚忽大忽小

本无异同

扫除垢染　描画万象

都是无生

出走　归来　皆为不动

这个冬天

2020/11/20

连绵的阴雨将树叶
细细密密　铺满大地
绿油油的草地　一夜之间
变黄发白
在这个冬天
有人功德圆满　荷锄而归
有人望着满目的苍凉　转身逃跑

无　题

2020/11/21

三个亲密的人
落入了病魔的掌心
她们个个都是
豁达　刚烈　笑着迎接命运
准备仰面倒下的人
纵使万箭穿心　我也要
装作若无其事
与她们的平常度日
相呼应

朝　圣

2020/11/22

我在阴雨绵绵的寒冬　朝圣
洗耳　坐正　聆听长老的垂训
他们个个　激情澎湃　　能量充塞法界虚空
他们互相致意　表示英雄所见　完全相同
各个誓言　一洗雪耻　成就万古的令名
统领的士兵　要求　金刚不坏
德才兼备　仅次于上帝的万能
肉身凡胎的我　不禁瑟瑟发抖
狐疑　叩问
他们难道不是像我一样　父母所生
除了激情　奋发的白天
还需要宁静的夜晚休息　放松
他们的神圣何时　又如何转身
露出真实的凡容
我是否可以不从军

我跟四季打商量

2020/11/23

从五彩缤纷的秋季坠入阴冷的寒冬
身体蜷缩　越来越紧　又冷又痛
眷恋
春天怒放的繁花
夏天的短衣短裤
秋天的锦绣画卷
我跟四季打商量　能不能
把冬季的时间平均摊给春夏秋
或者　某个季节加倍　砍掉冬季
彻底消除我的冷痛
春夏秋面面相觑　异口同声说不行
春生　夏长　秋收　冬藏　四季轮替才完整
少了谁都不行
我摆了摆手说　轮转的不足可以靠科技
让我称心如意　远离寒冬

春夏秋惊恐万分　正要理论
只见冬季青风黑脸　怒吼
蠢货　天时的秘密说不尽
如果没有我
你怎么知道什么是寒冷

回 忆

2020/11/26

忆想昨日
除了阳光　和你
其他的
什么都记不起

寻　找

2020/11/28

在迭变的四季里
走走停停
寻找那个
未曾瞻睹的身影

这群快活的流浪汉

2020/12/1

这群快活的流浪汉
他们
没有必须恪守的常规
拒绝服从行为的规范
贬损万年不变的习惯
唯一的冲动是
反抗限制　摆脱束缚
奔突
追求自由　自由　自由
他们
食无求饱　居无求安
不慕荣华富贵　不羡确定长远
享受念念无常
欢欣春花秋月　阳光灿烂
无惧万物肃杀　严霜苦寒

他们

居无定所　四处游荡

夜夜枕着梦幻

睡在星汉里的月牙船上

这群快活的流浪汉

他们曾是我亲密的同伴

新　鲜

2020/12/3

左躲右躲　逃不掉
长眠的理性　睁开双眼
在它的注视下
森林里流浪的小孩
一夜间长大
开始遵循常规的生活
像无数人那样
一切的一切
多么新鲜

极度过敏的体质

2020/12/7

极度过敏的体质啊
那扶风的弱柳也强韧过你
仅仅
风闻八万四千里外的一粒灰尘
也立即严阵以待　防患未然

极度过敏的体质啊
每天早睡早起　按时作息
多运动　多劳动　多多亲历
阳光雨露　电闪雷鸣　严寒酷暑
慢慢提高免疫力
否则
永远只能做金字塔里的木乃伊

理　性

2020/12/7

如果　生活　牢牢地
掌控在理性的手中
人
就会燃起无比的憎恨
烈火一般
塞满虚空

小鸟没来歌唱

2020/12/8

每天清晨都来歌唱的小鸟
今天没来
我在果实累累的樟树上
看到它
你是不是贪吃
忘了来我窗前歌唱　喊我起床
不是　不是
我看你天天
读不完的书　查不完的资料
上不完的课　填不完的表格
次次找人签字　都扑个猫空
还有无数愁忧的人
来向你诉苦　抱怨　自烦烦人
特意留个时间　让你清静

签 字

2020/12/8

如果要给这个时代冠名
最恰当的是　签字
大事　小事　不是事
一律先填表格
一张　一张　又一张　难以尽数
随后就去找人签字
一次扑空　两次扑空　三次还是扑空
四次　五次　六次　都不成
扑空叫正常　成功是意外
劫数尽时　必定见到签字的本尊
百年难遇的照晤　不能不好好欣赏
那尊贵的肉身　精致的妆容　考究的衣饰
忍不住好奇　那眼神的微妙难思议
踌躇满志　拥有全世界　却又空无一物
最最重要的是

用心聆听　官场惯用的专业术语
好好领会　他们如鱼得水的生存法则
一切到堂　拿到龙飞凤舞的签字
鸡毛蒜皮　顷刻飞升　成为大事
一世为官　九世为牛
牛马之事　无法瞻仰　因为
我还在找人签字的路上

最后的一抹灿烂

2020/12/12

秋天
最后的一抹灿烂
用尽所有的生命力
不是为了装点金秋的丰收
而是为了寂灭的冬天
获得完整的安详

慵懒的云

2020/12/12

一片慵懒的云　东飘西荡
路过巫山　也懒得行雨　鼻孔朝天
继续游晃　日积月累　庞大厚壮
下至冥府　上行九天
一片勤劳的云　偶遇
将它摇撼　锲而不舍
慵懒的云　烦不胜烦
正要开口争辩　一阵晕眩
轰隆隆　电闪雷鸣
慵懒的云　变成雨滴
降临大地　无边无际
所经之处　生机盎然
爱欢笑的阿佛罗狄忒按下云头
采撷精华　织成彩色的绣花腰带
那里有爱情　欢欲　蜜语甜言

风·三七

精巧得令天下最智慧的人

也丧失理智

扫　荡

2020/12/12

冰雪之前
一场狂风暴雨
扫荡一切
为漫天飞舞的雪花
准备空间

七年不见

2020/12/15

七年不见
岁月在你的身上为所欲为
那姣美的面容蒙上了时光的尘
飞扬的眼角已经下垂　难掩疲惫
谈吐之间　双手微微颤抖
你说看到他已露出来世的光景
好心疼　我也是
不只为你们的衰老　还有
受挫未成的爱恋
我们曾经一起用脚步丈量的土地
你眼中对他仰慕的炽热
内敛含蓄的爱语　都在何处
我抬头看天空　只见
它们正随漫天的雪花飞舞
哎

这一声长叹的　不是我

是七年后的某个时间

封印你的吻

2020/12/15

整个冬天
我都没出门
闭关　修炼
用一场又一场的大雪
埋葬你的吻
为了防止它们在春天苏醒
诵经千卷
将它们封印

袒露

2020/12/18

在阳光下　袒露
肌肤　和魂灵
承恩　享受阳光宠幸的
慵懒　柔软　舒展
我想起了　过去的那些季节
它们的出现　精力旺盛
在每一个时刻就是一切
如今　它们通通隐没不现
我知道　它们会在下一次　重现
而此时
我在阳光下　袒露
肌肤　和魂灵
承恩　享受阳光宠幸的
慵懒　柔软　舒展

阿瑞斯的后裔

2020/12/18

阿瑞斯的后裔
不爱赫拉
不乐雅典娜
愿意守卫阿佛罗狄忒
流尽最后一滴血
直到生命的最后一刻

买椟还珠

2020/12/24

生而为人　买椟还珠　常发生
椟中珠玉价值连城
不如美椟令我一见倾心
万代以来　世人笑我蠢
我叹世人　生生世世太聪明
来日遇见　我依然
买椟还珠
愚痴　纯粹　不染纤尘

妖艳的彼岸花

2020/12/25

妖艳的彼岸花
见证与守护的　是死亡
也被它加持　怒放
不留遗憾

时候

2020/12/25

开心的时候　我想起了所有的人
悲伤的时候　我看到了暮春的阳光
忙碌的时候　我闻到了窗外的风
把居室打扫一净
穿行其间　腿长长了　氧气充足
清和雅音　从空而至

犯 错

2020/12/27

先哲说
人们犯错　是因为无知
生活本身　书写了生命哲学
耳提面命　人们仍会
明知故犯　屡禁不止
我佛智慧　慈悲
还原众生本来的模样　说
在业力的推动下　我们都不是故意的
为了止恶防非　告诫众生
因果不虚　自作自受
在天的圣哲们啊　不要安息
多多交流　积极探索　拿出方案
指引福薄慧浅的子孙　远离过患
尽管他们　总是充耳不闻

遇境逢缘　将错就错　一错再错

九牛不挽

浅蓝色的围巾

2020/12/29

天空
小心翼翼地创作
把大团大团洁白的云
揽入湛蓝的怀中
调试
织成一条浅蓝色的围巾
明媚　温暖　深情
却又看起来漫不经心

恰好遇见

2020/12/30

郁郁葱葱的森林里
一朵怒放的红玫瑰边
生长着各种草木
有的刚刚新生　有的茁壮向上
有的正在挂果　有的已经衰残
它们每一种都有怒放的时间
只是没有　恰好遇见

诗与远方

2021/1/6

诗意地
拥抱当下
即是远方

阿尔喀比亚德

2021/1/7

我的身后跟生前一样　喧闹不已
人们攻讦我
年少时　把丈夫们从妻子身边拉走
长大后　把妻子们从丈夫身边带走
而我　只是恰好存在　呼应
他们内心的呐喊
圣哲苏格拉底　那深邃的目光　无法
从我这个俊美的情人和学童的身上挪开
不是期望我　奉行他的节制
那不过是　放纵　自由的另一个面相
也不是想要我　延传他的思想
只是在阿佛罗狄忒的加佑下　构筑
雅典娜的神殿
我们　金风玉露的相逢
从不诉诸身体　为了保持激情的张力

同升天堂　共入地狱　不离不弃
互相欣赏　给予　交流　激发
一次次　毁灭一切　新生一切
与我在斯巴达王妃　鸩酒般花瓣中
穿刺的焦渴和极乐无二无别
出身　名利　权势　是人间的游戏
不要人云亦云　忠犬一样跟随
也不要拒斥真相　疯狗一般狂吠撕咬
一时一念　怎能穷尽所有的奥秘
若真关心我　请好好关心自己

心灵奇旅

2021/1/9

点亮心灵的刹那
灵魂变得完整
开始生命的旅程
拥有真正的时间
没有必须到达的目标
不放手
能同行多久是多久

寂　寞

2021/1/11

不害怕残缺　失去
不愿填满所有的时空
实存　完整
只在阒寂　空白里
露出真容

冬日的早晨

2021/1/12

冬日的早晨　阳光明媚

我闻到了风中奇异的芳香

温馨　醉人　充满活力

抬头一看　才发现

今天的光明和温暖　不是来自太阳

而是一朵粉嘟嘟的玫瑰　在

羞答答地　绽放

不要期待我　成为一名好老师

为人师表　引领他人

这从来都不是我的理想

而我深信

自始至终　我都是一只迷途的羔羊

需要引领

我唯一的野心　是

热爱生命　烟火的生活　肆意地生长

在这脚板心都彻骨寒冷的早晨
我依然
满心满眼　都是　温暖的阳光

无　题

2021/1/14

漫山遍野怒放的玫瑰
覆盖了厚厚的白雪
云中的天籁
走了调

无 题

2021/1/14

从零下五摄氏度到二十摄氏度
老天胡乱调温　莫名其妙
还一不小心　失手
把我拎了起来　头朝下
倒悬着
挂在树上

刺猬的梦

2021/1/15

冰天雪地
刺猬们都在冬眠
一只圆滚滚的　睡得很不平静
眼皮不停颤动　不时发出咯咯的笑声
它在做梦
梦见春花烂漫时
在草地上打滚　开怀大笑
唔　好像有谁一直陪伴在左右
它不再需要自己长刺　放下所有的戒备
浑身的刺　一根根脱落　干干净净
换成一身　柔软　漂亮的绒毛
带着木质的奶香　微风拂过
绒毛水波一样起伏　漫延
直到天涯海角

打摆子的冬天

2021/1/16

老成持重的冬天　一不留神
染病　打摆子
前天火热　昨天冰冻　带着狂风
此时正在　斯斯文文地升温
稳住　稳住
冷热阴晴　瞬息万变
害我居起不安
衣服增减　总拿不准
无所适从

吵架

2021/1/17

蓝色的夜空中
一颗小星星　得意地眨巴着眼睛
不时旋转身体
从不同的角度　欣赏自己美妙的身姿
哎呀呀　我真是太漂亮啦　太漂亮啦
不巧
大海里一条欢快游泳的小鱼儿看见了
心想
这一闪一闪的星星
莫不是偷了我亮灿灿的鳞片
嗨　那谁　你是不是偷了我的衣服
穿着　在空中一闪一闪亮晶晶
正在自我陶醉的小星星听了
嘴巴一噘　眉毛上挑　翻了个白眼
胡说

你才偷了我的光芒　给自己贴金
什么　你这个窃贼　还不承认
你一句　我一句　越吵越来劲儿
小鱼儿气得暴跳如雷　一跃而起
冲向苍穹
小星星也气得火光四射　划过天际
坠向大海
天地万物都看着　鱼跃流星
笑得前仰后合
无穷劫以来　他俩吵架　时不时发生
从未消停

下　雪

2021/1/19

云
思慕远方的心上人
身体被心牵引　变成晶莹的雪花
飘落　原本打算
悄悄地来　默默地凝望
仗义的寒风见状
无法忍受这欲言又止的不痛不痒
摩拳擦掌　想要过来助阵
裹着雪花拍打窗户　有效地传达思念
哦　不
轻一点　再轻一点
深深的相思　浅浅地诉说
才符合这愁怨的时节因缘
雪越下越大　越来越静
散发着木质奶香的气息

风 ·三七

肆意飞舞　充塞天地
拥抱着朝思暮想的人
在耳边喃喃低语
万物都闭上双眼　迷醉在
这缱绻的梦幻里

山　水

2021/1/23

风

激情四射

强劲而又温柔地挺进

不多时

迷茫的浓雾　扫荡一空

露出巍峨的崇山峻岭

环绕的水　澄澈明净

欢笑着　奔腾

流 星

2021/1/24

澄澈的夜空中
那些璀璨的明星
位于不同的地方
有着各异的形状
闪耀着独特的光芒
纷纷划过天际　坠入海洋
激起的浪花
溢出了我的眼眶

拖鼻涕的年纪

2021/1/25

感冒
喷嚏　眼泪　鼻涕　争先恐后
推推搡搡　乱成一团
我想起了拖鼻涕的年纪
碰不得的要碰　撞不得的撞一下
从头到脚　一身脏兮兮
浑然不觉丝毫不得体
一双扑闪扑闪的眼睛　明净
写满了好奇
稚嫩的心灵　还未受到文化的攻击
世上最优美的诗篇
在它面前也得小声说话
生怕一不小心犯了罪　追悔莫及

诗

2021/2/2

书籍　是不落长河的太阳　永远
美丽的诗句　是自由的风　是我的呼吸
它们　时而温柔　轻抚草地
时而狂野　呼啸而过　肆无忌惮地大笑
无论哪一种　我都挚爱
任其执掌我的生命

都湿透了

2021/2/5

这个季节　本该天干物燥

阴雨却蛮横无理　不管不顾

霸占了每一个晨昏

风和空气　床褥衣物　五脏六腑

通通　都湿透了

小鸟飞过　扑棱棱　抖落了一身的水汽

阳光灿烂的日子　看起来　遥遥无期

忍住　忍住　不能哭

一哭

全世界　都湿透了

串 门

2021/2/17

早春的暖阳
是暮春到寒冬来串门　调皮地
撒我满室光芒　金灿灿
身手所及　通通镀得亮闪闪
美丽　温暖　开放
完全不在乎
寒冷依旧把持着夜晚　肆无忌惮
尽情享受退场前的酣畅
串门　谁也没碍着谁
都在自己的时节里
狂欢

不迁徙的夏候鸟

2021/2/17

一定是投错了胎
生在夏候鸟家族　却从未按时迁徙
每当秋冬来临　众鸟南飞
寻找温暖的栖息地
这只傻鸟总是犹疑不定　心想
明天再仔细考虑考虑　做决定
每当朝阳升起　短暂的温暖
抚摸得每一片羽毛热乎乎
它便忘了长夜的孤寒　有时
仅仅是因为倾听冷寂里天地的秘语
就忘记了饥渴与冷暖
迟钝的夏候鸟
后知后觉　不知不觉　不迁徙
在没有流变的晨昏里
拥抱四季

下 雨

2021/2/19

肃杀凋零的寒冬
太阳时常心生慈悲　光临大地
精神抖擞　笑眯眯　用金色的手掌
抚摸得万物身心暖洋洋　舒坦
连暴烈的寒风都变得柔和温软
家家户户洗洗涮涮
阳台里里外外　晾得满满当当
被子晒了又晒　到了晚上
睡梦里都笑得灿烂
不久　人们不再洗衣晒鞋
被子安安静静躺在床上
从东到西　仔细巡视　确认无误　太阳起身
随手戴上云朵编织的帽子　儒雅地说
诗人拜伦曾告诉我　爱情需要休息

我也一样　在该来的时候

我们再见

醉春风

——致阿黎姐姐

2021/2/23

我看了又看
山林里的桃花没有开
溪水潺潺的时节还没有来
风儿告诉我　山下游人早已如织
青蛙蟋蟀　昼夜不停歌唱　向心上的人儿求爱
我闻声查看　那片同时种植的桃树林
有的桃树光秃秃　不见一丝生机
有的已经从树干中间朽烂　破败不堪
有的绽放　蜜蜂采蜜　忙得翅膀瘫痪
最熟悉的那一棵　刚刚吐绿
正在细细密密谋划　何时盛开
急急忙忙　没有时间跟我详谈
她要去准备粉色的衣裳　碧绿的高跟鞋

还有醉人的蜜香　说

美好的春光如此短暂　我要抓紧时间灿烂

话音未落　我已醉倒

在这浓烈　温暖　滋润的春风里

春 忙

2021/2/25

春来啦　忙碌碌　片刻不停
先把温度调高
冬眠　变得躁动不安
早起的种子　已经头脑清醒
时不时戳戳头顶的土壤　试探
是否已经松软
实在按捺不住　破土而出的冲动
这么大好的春光　怎么还睡得着
懒散的种子可不这么想
最幸福的生活　不就是
像被子一样　扯抻了平摊在床上
春风　奔驰在大地上　不停呼唤
醒醒　醒醒　起床啦　起床啦
积极的种子兴奋不已　握紧了拳头
原地蹦跳　热身　准备大干一场

懒散的种子　揉了揉惺忪的睡眼
咂了咂嘴　翻过身　继续呼呼大睡
一颗脾气暴躁的种子　被吵醒了　大为光火
随手抓了一块泥土扔春风
哼哼唧唧　连眼睛都懒得睁
春风见状　勃然大怒　张嘴正要大吼
温柔的雨轻轻地走过来　笑眯眯制止它
调皮地眨了眨眼　说　到我啦
哗啦啦　哗啦啦
土壤吸饱了水　松松软软
贪睡的种子还没回过神来
就被泡得鼓鼓囊囊
撑破了皮　翻着白眼　吐出了舌头
暖洋洋的太阳出来　笑呵呵　不断调高温度
潮湿的土壤里　闷得发慌
憋不住的种子　积极的　懒散的　通通发芽
过几天　太阳轮岗
春风继续敲锣打鼓　大声呼唤
春雨仍旧细细密密　将土壤和种子泡发
直到最磨叽的那颗种子
拖拖拉拉　不情不愿　爬出地面
春天欢欢喜喜　宣告诸事已办　正式打烊

春天的魔术

2021/3/16

三月的暖风中
阅读
书中的人物　一米八〇
俊美　阳光　儒雅　温柔
如你一样
碎片　在脑海中打开
你温软的唇　覆盖着我的吻
在肌肤上游走的抚摸
比身边的春风更魅惑
春天的魔术
将山河大地　变成你
或者　你的一部分
洞开
万物生长的门

竹 林

2021/3/26

埋一段竹根　长一根竹子
你看它　形单影只　弱不禁风
舒心　平顺地过一段时光
遇一道坎儿　长一个节疤
两眼一抹黑　看不到头顶的光亮
身陷无底的深渊
哭都不敢哭出声
心哆哆嗦嗦颤抖　呻吟
完了　完了
你看它　气若游丝　泪眼婆娑
全然不知　活跃　欢喜　坚韧　与生俱来
永不停歇的脚步　细细密密　走向四方
在静谧的土壤中早已结成网状
一场春雨　浇出一片棕黑色的笋尖脑袋
再来一场　又长一片

惊得竹子下巴掉下来　赶紧用手接住
呻吟变成了欢笑
泪珠儿还挂在笑容的边边儿上
生长
不需要计划　意识　觉照　智慧
只管饿了吃　困了睡　欢喜而笑
痛苦的时候 哇哇大叫　尽情地哭闹
竹子习惯了短暂的太平　漆黑的竹节
当作一夜的酣眠
偶尔还会像旁观者一样　落井下石　自娱自乐
哎呀呀呀呀
快看这个可怜的家伙　奄奄一息
不行了　不行了　要死了　要死掉啦
等到勤劳的黎明用玫瑰色的手指
轻轻撩起夜的纱帐
竹子就会从昏沉中一跃而起　精神抖擞
在晨光里吟唱
所有的竹子都这样玩世不恭　随风而动
远远望去
一片波浪起伏　活力四射　温柔的绿色海洋

退　场

2021/4/2

我时常勾留的荒野
突然来了许多陌生人　他们
有的晃了一下　瞧了瞧热闹　转身离开
有的安营扎寨　准备长住下来
我思忖片刻　退场
将近七年的时间　我在那里
摘食野果　狩猎奔忙
打柴取暖　采花　装饰我的土砖房
或者　游手好闲　躺在草丛里
听鸟虫的交响乐　看风推云绕　日月轮转
从不在乎
白昼黑夜的更替　季节　气候的变换
它们只是时间的破烂
勤劳的人　总是令我心慌
退场　另择一处荒原　沙漠

搭建一间没有门　只开天窗的木头房
我喜欢　家徒四壁　双手空空　赤脚丈量
任何临时起意的地方

搬　家

2021/4/2

搬家

受够了旧居的喧闹　整齐划一的规则

万年不变的传统　风行的喜好

在深夜里狂笑　扰民

在阳光下裸奔　有伤风化

不好玩

搬家

用伪造的证件　注册新的账号

购买新的居所

上不着天　下不着地

空间　无边无际　形状　变幻莫测

朋友们找我　继续用旧的地址　账号　GPS

通通白搭工

一个有秘密的人

能想到的办法

都找不到

拦路抢劫诗歌

2021/4/2

有人开心地嘲笑我
用枯槁的语言　一次次　赞美
维纳斯的断臂　莹润　白皙
完美的黄金比例
我羞愧难当　浑身冒汗
为了掩饰尴尬　嗷嗷叫着扑上去
把那两只耳朵拧成麻花　使劲儿往外拉
正在唇枪舌剑　闯进来一个小娃娃
她降临人间　七天　气定神闲
要我把诗歌送给她　用作出生宣言
说我对纯真的人　永远下不了狠手
不如省了口舌　转过身去笑春风
拦路抢劫诗歌　不用人多势众　巧言令色
只要瞅准时间

我才不管

2021/4/4

暮春的午后
我躺在海面上
大海和我　都眯缝着眼
慵懒地　晒太阳
调皮捣蛋的春风
蹑手蹑脚　靠过来　偷偷地
塞我一颗红樱桃　鲜美　迷幻
一口咬下去　想都来不及想
酸酸甜甜的汁　溅到海面上
大海惊跳起来　一蹦千尺
把我头朝下　半空悬挂
我抿嘴窃笑　伸手抓住浪尖　当作被子
不停滚卷　沉入海底　躲藏起来
至于下次浮出海面是什么季节
我才不管

戒掉诗歌

2021/4/4

我誓言戒掉诗歌

就像你誓言戒掉我一样

我不吱声

2021/4/4

最近
全球的猪在召开国际会议
研讨猪的异化问题　它们发现
猪越来越不像猪　越来越聪明　尤其是
那些生活在书香门第的宠物猪　居然
能听懂巴赫　有的还热爱创作诗歌
容貌也变得猪模人样
长此以往　猪不像猪　成何体统
如不及时采取措施
不排除有猪种族灭亡的危险
调研　早在一年前就已在全球范围内展开
动员了所有的科研猪
采用了多学科的研究方法
结果发现　我四年前为之写诗的那个人
比猪更像猪　贪吃贪睡　尸位素餐

搞钱　一分不能少　工作　立即全部推给别人
自己丝毫不干　躺着让人喂养　举世无双
坚持不学无术　只玩手机
双眼里只有上帝都无法治理的雾霾
肥胖成一个圆咕隆咚的球
你们瞧
主持猪指着巨幅的幻灯片
语气中充满了忧患意识　严肃地说
这
才是猪本来应该的模样
与会的猪代表一致赞同　没有任何异议
大会决议
全球所有的猪　无论生长在哪个国家
都按照它的模样去韩国整容
先保持猪容正常　回归本原的教育
随后开展　速成的捷径是
以它为榜样　训练同样的思维方式
养成同样的生活习惯
猪的整容安排　同样打破国界限制
按批次有序进行　异化最严重的先来
懂巴赫和诗歌的猪为第一批
它们即将出生的　计划生育的后代
也预约排队　登记到了三年后
发生这么重大的国际性事件

我都没有跟任何人说

因为我郑重承诺过　猪不惹我

我就不吱声

我认真跟命运打商量

2021/4/9

清明
朋友采摘新鲜的艾蒿　做青团
它们裹着绿油油　芳香的粽叶
塞满了我的冰箱
每天一个　吃到下一个清明
像得到所有同样的恩宠一样
无尽的感动
更多的是遗憾
为什么
偏偏
又
不是个令我倾心的男人呢
命运
一定在给我安排时失了手
或者

被我带坏了　爱搞恶作剧
送给我一个又一个
无可挑剔的女人
可是
我要女人有何用
我认真跟命运打商量
这些长得漂亮　聪明能干　说话讨喜
对我体贴入微的女人　通通打包
换一个
有话可说的男人

我的善亲友

2021/4/13

原野上
我的善亲友　它们
种类不同　千姿百态
带着泥土的芬芳　甘露的清新
奔跑中发出一阵阵　狂野的呼唤
迸发着　摧枯拉朽的力量
让整个原野　不时焕发新颜
见我懈怠　萎靡　休眠
蜂拥而至　不假思索
飞起一脚　把我踹醒
蠢货　电光石火间　哪有工夫偷懒
起来　继续玩

爱恶作剧的妖精

2021/4/15

爱恶作剧的妖精
贪爱玩乐　误入歧途
放弃世外的清虚极乐
不务正业　荒废修行
受习气的驱使
用人类的语言
偷窃　劫掠　扫荡　横冲直撞
魅惑众生　落入诗神的魔掌
藐视规则　时间　一切的有相
鼻孔朝天　纯真烂漫
乐此不疲
玩得认真　疯狂　不要命
直把魔窟当作家乡
将苦中作乐视为永生的仙丹

吃槐花

2021/4/15

太阳
从龙王的幽闭中　溜出来
轻叩我明净的窗户
灿烂地　微笑
向我致以久违的问候
我欢快地跑过去　与他相见　隔着玻璃
倾诉思念　告诉他
西津渡古城墙上　槐花的清香
至今　仍在唇齿之间
阳光下嚼着槟榔搓麻将的常德听见了
一脸的不以为然
翻着白眼　拖腔拉板地说
我虽然没有千年的古城墙
槐花
却一点儿也不比西津渡的差

风 ·三七

不信

你尝

活 着

2021/4/17

命运的恩赏
阳光　雨露　风雪雷电
欢喜接纳　平等深爱
荣华富贵　去找良善的人
明智　稳重　温润　讨喜　不偏无差
留给敏感　柔和的心灵
给我空气　水　维持肉体的食物
切记　切记
给我无上自由　激情
我要在狂奔中
魂飞魄散